在闵行遇见上海

《城市季风》编辑部 编

百花洲文艺出版社
BAIHUAZHOU LITERATURE AND ART PRESS

图书在版编目（CIP）数据

在闵行遇见上海 / 《城市季风》编辑部编. —— 南昌:百花洲文艺出版社,2023.11
ISBN 978-7-5500-5269-7

Ⅰ．①在… Ⅱ．①城… Ⅲ．①随笔－作品集－中国－当代 Ⅳ．①I267.1

中国国家版本馆CIP数据核字(2023)第170960号

在闵行遇见上海
ZAI MINHANG YUJIAN SHANGHAI

《城市季风》编辑部 编

出 版 人	陈 波
责任编辑	郝玮刚　蔡央扬
统 　筹	林 晓
书籍设计	裴琳琳
制 　作	周霭萍　朱雨琪
出版发行	百花洲文艺出版社
社 　址	南昌市红谷滩区世贸路898号博能中心一期A座20楼
邮 　编	330038
经 　销	全国新华书店
印 　刷	湖北金港彩印有限公司
开 　本	720mm×1000mm　1/16　印张　16.25
版 　次	2023年11月第1版
印 　次	2023年11月第1次印刷
字 　数	250千字
书 　号	ISBN 978-7-5500-5269-7
定 　价	86.00元

赣版权登字　05-2023-311

邮购联系　0791-86895108
网 　址　http://www.bhzwy.com
图书若有印装错误，影响阅读，可向承印厂联系调换。

春光旖旎的水岸

来到上海富饶的这一段

一片土地经历了多少变迁

一条路上人流络绎不绝

当我来到七宝老街

故事在我脑海浮现

这市井雅集悠久的岁月

再转身已抵达新的站前

每次想念，阳光翻阅着那海派的字典

漫步文明的田园

一簇鲜花绽放在浦江郊野

每次体验，自然和艺术做时间的书签

漫步在锦江乐园

感受风拂过了万象城的夜

我要把闵行的路走一遍

陪伴我生活的绿地蓝天

你是否也怀念

在新华书店

灯晕下的梦圈着诗意的眼

我要把闵行的路走一遍

去过浪漫的爱琴海影院

店里的影片，那熟悉的情节

却清楚地记得那年为你写的和弦

每次想念，晨曦连接着那虹桥的地铁

漫步在科技世界

想象一座博物馆伴着音乐喷泉

每次体验，浦江第一湾映照霞色万千

漫步在古镇世界

感受水乡拥抱召稼楼的月

我要把闵行的路走一遍

尝一尝"韩国街"烤肉冷面

宝龙揭开新篇

酒吧里往事如烟

是你我相聚笑谈着的从前

我要把闵行的路走一遍

最爱这城市烂漫的晴天

谁还在留恋，故事里的秋千

一起划过游湖的小船在体育公园

闵行的每天

都一样地新鲜

让你我的城市把梦想都一一实现

《我要把闵行的路走一遍》
视频

遇见，就是一种美好

东经 121.195 度，北纬 31.118 度

当航班缓缓降落在上海虹桥国际机场，打开导航，显示此刻的地理位置是上海市闵行（háng）区。

这里，是许多人来上海时第一个到达的地方，位于上海陆地的中央，堪称"上海之心"。闵行，既有约 5000 年的深厚历史底蕴，孕育了被誉为"上海之本"的马桥文化，更是上海"建置之本"700 年上海县的前身，与上海的城市精神、城市品格一脉相承。传统与现代交融，历史与现实穿梭，典雅与新潮并举。从这里出发，在闵行，遇见上海，感受江南文化和海派文化的无声浸润，寻觅城市脉搏的诗与远方。

这里是需要细细解读探寻的吴越古地、春申故里。三冈之上，远古先民的和谐人居生活，印证着上海"海纳百川"的文化之源。5000 年前，我们的祖辈在此扎根、繁衍生息。春申文化成为民俗的信仰，朴韵留香，依然保持着对岁时节令的浪漫追求，召楼粽情、月满马桥、颛桥糕会、莘庄灯会等节庆活动，延续着文化认同。而马桥手狮舞、颛桥剪纸、钩针编结、沪谚，以及悠扬的江南丝竹民乐，则续写着代代相传的技艺传承。记忆中的符号不会随时间流去，而是会以另一种形式定格，形成独特的城市记忆。

这里是各有千秋、不分伯仲的美食江湖，凝聚起城市烟火气的灵

魂。锦江乐园那座大转盘下的江南吃货节，抚慰了八方食客的味蕾，召稼楼的粽子最正宗，颛桥的桶蒸糕极是软糯，咸鲜的是华漕羊肉，清香的是马桥豆干……味蕾弥漫着乡愁，是一代代成长的记忆，抚慰着人心。烟火气间，往来的是饮食男女，透出的是活色生香的生活本身，他们是食客，更是生活客，在袅袅炊烟里，他们的故事在闵行铺陈展开……

这里是清新文艺的秀场，吹起阵阵"时尚风"。闵行文化公园、海派艺术馆、闵行区博物馆……持续导入优质文旅资源，全方位布局人文生态圈。黄浦江畔，浦江郊野公园、韩湘水博园、第一湾滨江公园等等，推窗见绿、开门赏景，起步闻香。明珠美术馆、TODTIME时间廊等多元主题的文化场所，在细节中呈现出时尚与内涵，艺术与空间的巧妙结合，注入了更多雅俗共赏的文艺气质。用脚步丈量城市，感受城市呼吸。这座城的温度体现在对城市空间的品质、美感、情怀有着更高追求。

这里是创新开放、生态人文的现代化主城区，邂逅摩登的"国际范"。虹桥枢纽内熙熙攘攘，带着精彩故事与鲜活梦想的每一班列车，每一架飞机夜以继日、川流不息、充满活力。这里有 ATP（职业网球联合会）1000 大师赛上的激情呐喊，也有上海国际吉他节上的旋律悠扬，更有进博会上奏响的人类命运与共交响曲，共享物华天宝。在华灯初上的"韩国街""老外街"，不同国家、不同肤色的各国友人齐聚一堂，为相遇感念，为相遇干杯！在这里，各种人群和文化都能找到巧妙的包容。今天的闵行正成为向世界展示上海、展示中国的重要窗口，也为上海旅游文化亮起了一张文化名片。

《城市季风》自 2013 年创刊以来，已走过了十个年头。融文化、生活、时尚、资讯为一体，高品位、全方位、多视角解读具有丰富底蕴的城市文化，讲述发展历程中的城市故事，是反映城市生活形态，颇具特色、格调高雅的闵行新"文化品牌"。正如十年前我们说的那样，《城市季风》是一个关乎水和盐的故事，"裹挟而来的是溶化在水中、弥散在空中的那一勺盐，或杂陈世相，或呼吸古今"。倘若因此唤起你我对那一小勺盐的些微记忆，那已经是这阵季风勉力抵达的最深处。

这十年，我们一起走过。今天，我们重新出发，行走在闵行的街头巷尾，穿行在时间的缝隙里，以一种全新的视角和心态原创编著《城市季风》"特刊"——《在闵行，遇见上海》一书，最终将这把打开闵行的钥匙，递交到您的手中。我们期望读者通过这些文字，对闵行有一个全新的认识，了解闵行与上海的文明脉络、文化基因，重温上海城市的基因传承、城市精神，期待更多读者通过走进闵行，恋上这座城。

光阴荏苒，我们相信文字虽静默，但提供的是一种经得起品读、回味的方式，它们可以穿透历史，凝聚那一段段不可复制的时光，温暖着我们的生活。

在闵行，遇见上海，而遇见，就是一种美好！

编　者
2023年6月

城市季風 ·特别策划

上海市闵行区文化和旅游局　　上海市闵行区融媒体中心

《城市季风》出品　　　胡明华

《城市季风》策划　　　杨继桢　茅　杰

《城市季风》编辑　　　俞　慧　姚家驹

目录

知味

人间食事

寻雅

诗意栖居

听潮

海上风来

踏芳

朴蕴留香

一夜云遍江南味

借过了季节，就

藏在800年古镇里

粽子是"滚"出

神纸上的美业

"老八样"，在

冬日里，食乃鱼

一瓯梅酒醉江南

里面是桃源，托手

一条臭鳜鱼，让受

知味

人间食事

人间食，人间事。在氤氲雾气里，看见烟火人间。
一茶一饭，锅边碗里，都是生活的滋味。

从人间食事起笔，念故乡的食物——梅酒、面酱、
麻油、老八样……字里行间飘香四溢，在沸腾的麻油里，
在盈喉的梅酒里散出清香的自然本味。

一夜尝遍江南味

郑迪茜

　　我是土生土长的江南人，却没有一个地道的江南胃。

　　之前借着江南吃货节的机会，我第一次来到被誉为上海地标之一的锦江乐园。"上海第一轮"下的士林夜市一直都特别出名，还没来得及品尝其中来自成都、武汉、长沙和港台等口味多样的小吃，兜兜

转转还是先落入了我最熟悉的江南味。

来自长三角 14 座城市的特色小吃"翻山越岭"而来，仿佛一条神奇的纽带，指引着人与一座城之间产生的交际错落；细致婉约、独具匠心的非遗和文创也在此交流融合，让人足不出"沪"，就能品尝到江南至味，感受江南美景和文化。

一走进乐园，古色古香的美食摊位就把人带入了江南街景之中，仿佛在乌镇、西塘等古镇上逛小吃街。从小到大，不知道去过多少古镇，但是游乐园和古镇的梦幻联动却是第一次。

闲逛了一圈，不由得被汤汁烧卖所吸引，烧卖外皮晶莹透亮，在腾升的水雾里若隐若现，让我忍不住一口塞进嘴里。皮薄汁多，肉质鲜美，这家"喵烧麦"不愧是平湖四代传承的老字号。心跳起伏，明显是"真香预警"。

与烧卖的清新雅致不同，黄山腊味更多的则是一份老成与稳重。一方水土养一方人，因为气候湿热，鲜肉不易保存，腌制的腊味成了

江南人家的风味小吃。腌制的腊味是时间酝酿出的美味，能得到比鲜味更加醇厚的味觉体验。"这肉吃起来好香啊，即使是肥肉也不腻，"吃下一块腊肉的我惊喜地感叹道，"后劲也很足，感觉嘴里持久留香。"小时候和奶奶一起晒腊肉的场景也在我眼前徐徐铺开。味道是有记忆的，熟悉的小吃让人在异乡也能获得"安心感"。

吃着逛着，不仅能获得舌尖上的满足感，更能获得视觉上的新鲜感。白墙黛瓦的形象展示棚下，折扇、油纸伞、香囊等文创产品，将江南的韵味具象化，引得游客纷纷驻足品味观赏。糖人制作确实蛮能体现民间趣味的，苏州相城的摊位前一圈人围着看作画的过程，大家的目光倒成了比糖更稠的黏合剂，一群人哄闹着，互动式的体验感让糖的味道变得更甜。

好奇的小朋友对这些卡通造型的糖人可完全没有抵抗力，舍不得吃又禁不住馋，舔上一口，就欢喜得不得了。看着晶莹剔透的糖人，总会让人回忆起童年，记忆中的甜蜜气息涌上心头。如今这些老行当渐渐搬离街头，便需要这种仪式感去留下这份温馨。

美味犹在舌尖，细雨诗意了江南。我们都能凭着熟悉的味道和画面，回忆起江南的美。

2022年
江南吃货节视频

夜幕渐渐降临，"上海第一轮"下，舞台一点点亮起灯光，游客也逐渐聚集在主舞台周围，共同期待着开幕式。开场舞《品江南》一下就把人带进了美食遍布的江南街景之中；苏州相城的《阳澄卖蟹谣》仿佛大闸蟹的广告曲，让我忍不住发馋，特别想吃上一只肥美的大闸蟹；安徽大叔上台推介的毛豆腐，对我来说也是强有力的诱惑。江南道不尽的美味和吴侬软语的柔情在这场文化大餐中展现得淋漓尽致。晚会落幕，天空飘起了小雨，摩天轮下灯火流光，氤氲的空气中弥漫着"烟雨江南"的味道。

美味犹在舌尖，细雨诗意了江南，在场的每一个人都把这份江南意趣留在记忆里，无论走到哪里，我们都能凭着熟悉的味道和画面，回忆起江南的美。

之前一直以为江南味道满足不了重口味的我，可如今看来，味蕾迸发出的乡愁是骗不了人的。来来往往、流连于此的游客寻着美味而来，载着余韵而归。今夜，谁不忆江南？CS

错过了季节，就得等明年

查珺燕

雨过后，春笋又嫩又鲜。每逢此时，也是倪可正一年里最忙碌的时候，他做的浦江烧卖用最新鲜的春笋和肉拌成馅儿，再包成亭亭玉立的桃花模样，蒸熟后馅汁满溢，别提多好吃了。今年的浦江春笋烧卖已经在3月头上市了，这是在浦江流传了百年的本地小吃，颇受当地人的喜爱。**可惜，春笋一落市，浦江烧卖就跟着停产，拥趸们一年到头就盼着那两个月，其余时间只能流着口水怀念**。由于上市时间短，这地道的本地烧卖，就连很多上海人都没有亲口尝过。

可正老店特色点心店原名叫"源洁烧卖店"，是家开了20多年的老店，在浦江人心里就是春笋烧卖的代名词，他们直接称呼店老板倪可正做的烧卖为"可正烧卖"，最顶峰时这"可正烧卖"一天竟能卖出去8000只。然后，在5月的某一天，店铺又神秘地关门停业，再要吃春笋烧卖，就要等来年了。

来到位于浦江镇318吉市的可正老店特色点心店，不出所料门口正排着长龙。这家从1992年开始经营的烧卖店每逢3、4月，总是门庭若市。倪可正仅凭着这份手艺将儿子送去了国外读大学，这在当地被传为美谈。

倪师傅告诉我，每年烧卖上市的时间都不一定，因为最关键的原材料是春笋，得根据春笋的自然生长周期，来确定烧卖的制作时间。太早出产的笋口感偏粗，晚期的笋则鲜度不够，而真正又嫩又鲜的春

笋，口味是甜的，往往只有一两个月的"寿命"。今年上海雨水很多，所以，春笋烧卖上市的时间略晚些，不仅烧卖上市的时间年年不同，就连每年上市的时间长短也不一样，一般都在 45 ~ 60 天。

"**一次不要吃太多，三个刚刚好。**"倪可正笑说。春笋烧卖的一般吃法，是蘸一点醋，用酸味吊鲜，会更加爽口。还有一种本地吃法，那就是两个笋馅儿的烧卖搭配一个豆沙馅儿的一起吃。可正烧卖一盒十二只，十只春笋鲜肉馅，还有两只豆沙馅的，就是为了满足本地人喜欢吃豆沙烧卖的习惯。"**一口甜，一口咸，勿要忒适意哦。**"

"我的烧卖可是亭亭玉立的。"倪可正端出刚蒸好的春笋烧卖展示给我看，和普通烧卖矮墩墩的样子相比，春笋烧卖则娇小修长。烧卖的开口处，半透明的面皮晶莹剔透，微微打开，露出一点点内馅儿，看起来还真有几分神似含苞欲放的桃花。

"要把烧卖做得像桃花，关键在于擀皮的功夫，我的烧卖皮都是一个个手工做出来的。"倪师傅拿着一个当中球形、两端长棒的自制

每年烧卖上市的时间都不一定，因为最关键的原材料是春笋，得根据春笋的自然生长周期，来确定烧卖的制作时间。

工具说。面皮先要大致压成圆形，再擀成内厚外薄状态，裹馅儿的中心地方要厚，面皮边上一定要薄，面皮边上还不是光滑的，而是微微有些波浪和凹凸感觉的形状。如此擀好的面皮包上馅料，在手掌里稍微捏上一捏，再打圈一转，烧卖才算做成了。蒸好后，外圈波浪形的面皮随着热气展开，自然呈现出一朵桃花的形态。

单单擀皮擀得好还不行，蒸烧卖也有讲究。一定要把水烧开了，再上笼蒸，大火蒸 8 分钟，最多 10 分钟出笼。六成熟的时候要洒点水，滋润一下，这样蒸出来的烧卖"卖相好"，也最好吃。

怎样调出最完美的馅儿？倪可正分享了他的秘方,10 斤笋 +12 斤肉 +3 斤皮冻。春笋烧卖的馅儿里，春笋占四成，只用鲜嫩春笋里的嫩头，当天入货当天使用，切碎成细丁后，加入精制油等；鲜肉虽然占六成，但从味道上来说，却是辅料，用的是新鲜的夹心肉，把肥瘦肉分开剁碎后，按 2∶8 的比例拌合。最后，还要加入少量的葱和肉皮冻，调出鲜口。按照这个比例调制的馅料做成的烧卖，在蒸熟后，入口既能吃到春笋的脆鲜，还能尝到伴随的肉香，肉皮冻一蒸即化，一口咬下去，就是一包汤。

在倪可正看来，春笋烧卖就像一年一度的桃花，美不胜收，但正因为花期很短，所以花开之时，更要细细赏味。

藏在800年古镇里的一碗面

查珺燕

"做人呢，最要紧的就是开心。饿不饿？我给你煮碗面吧。"——
热衷 TVB（香港电视广播有限公司）连续剧的观众对类似这样的经典
台词想来是不陌生的。是啊，热腾腾的面条出锅，盛满了人们对生活
的热爱。制作简单，食用方便，营养丰富……正因如此，面条越来越
受到市民的喜爱。

在闵行，无论是大饭店还是小食摊，汇聚了越来越多来自全国乃
至全世界各地不同品种的面条。而在我的私房菜单里最心仪的，却是
藏在 800 年古镇里的一碗面。

> 只因有你
> 我把那种属于你的幸福雕刻在了
> 青桔一碗面里

　　藏在上海东南角 800 年古镇里的一碗面！有人开玩笑说，要命啊，离开市区 30 公里，天没亮就出门嘞，就为了吃上召稼楼保南街 63 号"青桔一碗面"的牛肉面！下午 1 点以后就不卖了！老板回家熬肉汤去了！面条自家配方 DIY！吃过都说"老过瘾噢"。

　　上海的面馆不计其数，但为了吃一碗面，一早起来，赶上几十公里的路，就为到召稼楼吃一碗面，更何况，吃不吃得上还是个未知数，到底是什么样的面馆，那么牛。

　　早上 10 点来到召稼楼报恩桥下的青桔一碗面，店里店外已经坐得满满满，一问，有从嘉定特地赶来吃面的老夫妇，还有在附近外企工作的老外。老外说特爱吃这里的牛骨面，有一股很浓郁的奶香味，就连大名鼎鼎的美食家沈宏非也曾推荐过这家店。

　　这里只卖四种面，牛肉面、牛筋面、牛骨面、双浇面。老板娘极力推荐招牌牛骨面，一口下去汤非常浓郁鲜美，并没有很浓的酱油味，牛肉和牛筋已经炖得相当酥烂，怪不得邻桌的老奶奶牙齿都掉光了，还吃得那么津津有味。牛骨是带骨牛小排，老板娘相当骄傲地介绍："我们用的是澳大利亚牛肉。"**店里也有个特殊的规矩，一个人至少点一碗面，拒绝两人及以上合吃一碗面！**

　　生意那么火爆，为何只做到中午呢？老板说，熬制这个牛肉汤底大概要 8 个多小时，青桔一碗面的厨房间太小了，老板每天中午一收摊，马上要赶回家准备明天的食材，如果做个夜市的话，原材料供不上，口味也难以保证啦。

　　老板也透露说，熬制 8 个小时的汤头是必要条件，此外，他还会在牛肉汤里加上一些青橘，这会让醇厚的牛肉汤头变得很清口。也推荐食客们吃面的时候点上一杯青橘茶，非常滋润解渴。

这里的面条也很有讲究，是用低筋粉和高筋粉配比以后，再加入碱水手工拉出来的。中午 12 点钟，老板对店里的食客们宣布："只剩最后 30 碗咯。"下午 1 点左右每天限量的 300 碗面就全部卖光了，想吃上青桔牛肉面的朋友一定不要睡懒觉哦。

青桔一碗面的口号是"誓做召稼楼最好的面"，红白窗棂下贴着的宣传画，还配了小诗："只因有你 / 我把那种属于你的幸福雕刻在了 / 青桔一碗面里。" ⑤

粽子是"滚"出来的

褚半农

　　有一年端午节，朋友寄来礼品粽子，算是比较有名的牌子。其实家里也裹了粽子，煤气灶上烧了好几个钟头的那种。两种粽子吃起来的感觉如何？恕我直言，那种品牌粽子真的太难吃了呀，考虑到不能"暴殄天物"才吃光的。自己裹的粽子口味自然要大大优于店里买的粽子，但我仍不满意，还是怀念过去老宅柴灶上"滚"出来的粽子味道。

硬柴天生有硬脾气，成灰了还在不停闪耀着红红的本色。此后，不需要添加任何柴草，任它们继续贡献热量，只要把镬盖盖好，还可用揩灶布围好镬盖边沿缝隙，让粽子"滚"在镬子里熟透。

一样用糯米，一样用猪肉，一样用粽箬，一样用火烧，自己动手裹的粽子，味道咋就与原来的不一样了呢？还真是不一样，原因就在一个"滚"（上海闵行本地话，意为焖）字上，这又同乡下头柴灶有关。**那柴灶上的粽子，经这一"滚"，猪肉馅上的油肉全部烊掉，融化到粽子的角角落落，熟透了的鲜肉味道自然跟着渗透到粽子全身上下**。而糯米呢，连粽子最中间的那部分，也完全膨胀后粘成一团，并紧紧裹住里面的馅头，撕开粽箬，一股香味不"滚"出来也难。

"滚"是个方言动词，在上海方言中的义项，有同普通话的，如"滚出去"，也有完全不同的，如这个语境下的"滚"，发音是平的，词义似"焖烧"，又不完全一样。柴灶上经常会用到"滚"，做法又十分简单。

我家端午裹粽子一般都是下午动手。每年妈妈、妹妹裹好粽子后，柴灶上烧火的任务是我的。所谓柴灶，就是专烧柴草的灶头。平时烧饭炒菜，有什么柴就烧什么柴，"三夏"过了，麦柴、油菜萁上场了，就烧麦柴、菜萁柴。"三秋"过了，水稻脱粒、棉花秆拔起来了，就烧稻柴扎花萁柴做成的草团。一年之中，至少有两次的烧火有所不同，一次是春节前炊糕，二是端午节粽子。这两次烧火，因灶头都要连续烧半天，事先要准备好足够的"硬柴"。所谓"硬柴"是相对于稻柴这类"软柴"而言的，其实就是树枝一类的硬物，平时锯断、晒干早堆在一边了。硬柴出硬火，烧起来火头旺、柴灰少不说，就是停火了，余烬在灶肚（方言不说灶膛）里的热度持续不退，最适宜"滚"了。

粽子入镬，加满水，硬柴用软柴引燃后，烧开是很快的，要烧熟还要很长的时间。这时候，我只要看好灶肚里，继续让那硬柴交叉架好任其燃烧，保持适当的火头——不要太旺，旺了也是浪费；太小则烧的时间会拉长。刚裹好的粽子捏上去有点松软，在镬子里得到持续高温后，粽箬里的米粒会慢慢膨胀逐渐饱满。粽子装满了一镬子，整个烧火过程中，还至少要两次调整粽子的位置，把下面的翻到上面，上面的翻到下面，让它们热度均沾。

那时能吃到的美食少，嘴巴会很馋，好不容易等到一年才裹一次的粽子，总想快点吃到。母亲总是提醒慢点，粽子还没有熟透。耐心等到时间差不多了，拿出粽子试试看，有时拿出的粽子是熟了，但里面的糯米和鲜肉尚未深度黏合，一看就知成熟度虽刚达标，可以吃了，但离粽子的至味还差很远。我知道接着用什么办法让它们只只熟透。

这办法就是"滚"，翻译成普通话是利用余热。灶肚里的那些灰烬，虽不多，但足够"滚"了。硬柴天生有硬脾气，成灰了还在不停闪耀着红红的本色。此后，不需要添加任何柴草，任它们继续贡献热量，只要把镬盖盖好，还可用揩灶布围好镬盖边沿缝隙，让粽子"滚"

在镬子里熟透。它们不会让我失望。

不消到明天早晨，即使只"滚"过一两个小时，再看看，粽子的成熟度明显提高，这确是个好办法。那个品牌货粽子所以难吃，就因为火候不到，只是烧熟而已。🅲

端午，农历五月初五，也称"当五"。家家裹粽子，用粽子祭灶祀祖或相互馈送，民谚"当五不吃棕，老来无人送"。户户贴门对，门口、壁角挂插鲜菖蒲、艾蓬、大蒜头，焚苍术、白芷、芸香，洒雄黄水驱蛇虫百脚（蜈蚣）。门图道士，挨门挨户上门送钟馗神像，意尊神克邪。书场必说唱《白蛇传》。小儿额头抹雄黄，书"王"字或画虎头；颈挂五彩丝线编小粽子、丝网蒜头、黄绸制虎头，手持菖蒲剑相嬉。

——摘自《民俗上海·闵行卷》

召稼楼本地粽视频

江南有好酱

谈为民

　　上海地处长江下游，每年 6 月中旬至 7 月上中旬，受南方暖湿气流北抬与北方南下冷气流交汇影响，在江淮流域上空会形成一条相对稳定的降雨带。此时这一区域正值梅子转黄成熟的时节，人们就将此时节称作"梅雨季节"，把此时的天气叫作"黄梅天"。

　　时断时续的连绵阴雨可持续 20 多天甚至 1 个多月。有的年份，黄梅季节时间超长，甚至覆盖整个小暑节气，人们称之为"小暑黄梅"。梅雨季节空气潮湿闷热，人的体感非常不适，人们一般都不太喜欢黄梅季节，还会形象地把它称作"黄霉天"。

但是，黄梅季节的天气特征，却是做酱的绝佳时节。笔者自幼生长在上海郊县农村，农民都喜欢利用黄梅季节自己动手做甜面酱或豆瓣酱，用来制作佐餐酱菜和调味料。做甜面酱的原料就是6月上旬刚收上来的新麦磨成的面粉，辅料只有盐、生姜、甘草和水，不用其他任何添加剂。选择在小暑节气来到前1周左右，利用晚上时间做甜面酱的面团（俗称"酱王坯"）。印象中做酱的面团要比擀面条的硬一些，把面揉到四面光滑后放置1到2小时醒面，把面团搓成直径约8厘米粗细的长条，用菜刀切成大约1厘米的厚片，整齐排列在笼屉里面，放到已经烧开水的大灶锅上蒸熟。随后取出码放在竹匾里，晾放一晚上。

第二天，用新收上来的新鲜干麦草放在钉耙上梳去枯叶和外壳，铺垫在草囤里做成窝，把酱王坯整齐码放到里面后，再用麦草遮盖并捂严实，让其仿佛躺在母亲怀抱里自然发酵。

大约5天后，打开麦草窝，只见里面的酱王坯个个浑身长满白毛（如果发现有灰绿色毛，就说明麦草窝不干净或麦草未晒干有杂菌，酱王坯变质了，用现在的话说，就是沾染了黄曲霉菌，有毒性），此时正好到达小暑节气，黄梅雨季结束（人们俗称"出梅了"），天气高温晴热，把长满白毛的酱王坯取出，用刷子刷去白毛，摊放在竹匾或竹筛中放到阳光下暴晒。两三天后，就会有酱色的汁液慢慢渗出，说明

酱王坯"熟了"，可以做酱了。

取一只清洗干净的酱缸用开水烫过，把洗净晾干的酱王坯和盐、姜片、甘草片和凉开水一起投入酱缸。随后把酱缸搬到室外晒太阳（为防止雨水和灰尘进入，通常需盖上一块大玻璃）。一般在太阳下暴晒7到10天，酱坯就会彻底融化，甜面酱做成，可以用来做酱瓜了。

小时候的农村，每家每户的自留地里都要种植玉米、高粱、豆类、薯类和其他蔬菜瓜果等各种经济作物，夏季种植菜瓜、黄瓜是少不了的。摘回长大又未熟的鲜嫩菜瓜或黄瓜，剖开去除瓜瓤，洗净剖成宽条，晾干表面水分，撒上粗盐拌匀，腌制一晚上。第二天清晨，沥干水分后把瓜坯投入酱缸，两三天后就是佐餐的美味酱瓜了。农村自家制作的甜面酱，由于没有添加任何防腐剂，非常容易发霉变质，显得极其娇贵。淋雨或者用不干净的筷子搅拌是大忌。

甜面酱还可做美味的酱爆兰花豆或酱爆油炸豆瓣。一般在立秋过后的8月中旬，农村"三抢"农忙结束了，又有短暂的几天农闲，把新收的蚕豆用水浸泡，待其泡开后用剪刀剪开一个口子，待晾干水分

第二天，用新收上来的新鲜干麦草放在钉耙上梳去枯叶和外壳，铺垫在草囤里做成窝，把酱王坯整齐码放到里面后，再用麦草遮盖并捂严实，让其仿佛躺在母亲怀抱里自然发酵。

后放到菜油锅里炸酥，随后将甜面酱拌入蚕豆炒匀，待其裹上蚕豆后即可出锅食用。在 20 世纪 70 年代初的上海农村，酱爆兰花豆佐餐是夏夜难得的享受了。

到了秋天，没有什么瓜果可酱了，这时不再往酱缸里添水，任其在太阳下慢慢收干水分，变成黑乎乎凝胶状的酱块，**抠一小块放到嘴里，又咸又甜还有点鲜，这是当时小孩心中如同蜜饯般的美味零嘴。**

孩提时代生活在物资匮乏的农村，但甜面酱的甜蜜始终让我记忆犹新。母亲在世时的最后几年，患上严重的阿尔茨海默症，最近的任何事都不记得了，但只要跟她聊起做酱的事，老母亲暗淡的眼睛会立马放出异样光彩，对做酱的事可以反复唠叨个不停。

如今，各大超市里、网购平台上到处可以买到甜面酱，但工厂化生产的面酱，终归找不到记忆中的味道，也许这是物资异常丰富的今天，我们的食物繁杂，已经回不到当年的纯净单一了。🅲🅢

节节高，缕缕香

钟正和

人们常说：芝麻开花，节节高。印象中的芝麻，茎秆、花朵、蒴果，就像步调一致的三路纵队，茎秆升到哪里，这花儿便开到哪里，蒴果也尾随到哪里。即便到了收获之时，它们仍会拼尽最后一口气力，将花开到茎秆的顶端，亦将果结到了最高处。

通常在中秋节前后，就当一旁的稻子小伙笑弯了腰，芝麻丫头也就到了该出嫁的时候了。

芝麻熟得快，不抓紧时间收回来，果荚就会自动炸开，无谓落在地里，多可惜。于是，一株、一株……外公挥着锈迹斑斑的镰刀，将芝麻秆一批批割下，捆好，默默地扛回家，摘光叶子，修剪枝干后，将长度几乎一致的它们，扎成整齐的小把，摊到场院的油布上，暴晒三五天。

秋的阳光有点猛，芝麻的茎秆由刚收下时的青色渐变得枯黄，原本紧闭的蒴果也一点点咧开了嘴。儿时的我，曾观察过开口的蒴果，那份惊讶感仿佛进入了一个神奇世界。就在一间间狭窄的子房里，竟别有洞天地密密麻麻排列着大小一致的芝麻，既小巧精致，又井然有序。

此时节的中午，人在卧室午休时，常会听到窗外传来的"噼啪噼啪"芝麻蒴果炸开的声音。那声音，乃芝麻汲取天地日月精华所凝聚而成，积蓄了这一季的能量，只为圆一个"节节高"的梦。

下午，从菜园浇水回家的外婆，并不急着休息，而是取出一只篮子，再往地上铺块油布，之后一手把着芝麻秸秆，头朝下，脚朝上，一手用木棍轻轻拍打，好似在拍打一个即将苏醒的婴儿。

眼瞅着，一粒粒黑色精灵如雨倾泻到了油布上。那种"沙沙"而下的声音，让人听了，着实有种心满意足的享受。

过去乡民种芝麻，以自吃为主。芝麻虽小，然有了它，生活便多了一缕香。大凡用芝麻做的吃食，无论是菜是点心，味道都差不了。至于剩下的最后那点芝麻，多会拿到铺子里换麻油。

当时的镇上，有二三处供应麻油的店铺。多是在院中支一口大锅，中间有个圆滚滚的"油葫芦"来回滚着，将这些比蚁卵还小的芝麻，孵化轧压成浮在农人生活里的醉人油花。**那弥漫了整个院子，甚至径直飘荡到熙熙攘攘街道上的醇香芬芳，亦成就了芝麻最远的飞翔。**

印象中，那个年头的麻油，比现在的要纯正。炒菜或拌凉菜的时候，只需滴上几滴，整间屋子都是浓浓的香。

如今，随着镇上最后一家油铺的关门，旧时的味道找不回，也不可再得了。但我始终忘不了芝麻给往昔生活带来的种种滋润，更离不开清香与浓香所混合的小小油花见证下的那些"节节高"的农桑往事。🄲

外婆的南瓜饼

王蕙利

旧时的乡村，家家户户都会在房前屋后种上南瓜。作为如乡村野草般蓬勃的藤蔓植物，南瓜非常擅长满地乱爬。既有顺着搭起的棚子，径直爬上灶间屋顶的，也有吊到一旁树上的，更有悬于河面上的，甚至还有直接荡进水里的。当年的我，常和玩伴在河里抱着南瓜游水，或将之摁到屁股下，人坐在上面，觉得那是件极有趣的事。

进了秋的乡间清晨，因有了冷艳银霜的着落，不单空气清冽而湿润，大地更像被柔柔地抹上了一层花粉，生发出亮丽的色彩，实有一种乱琼碎玉之美。放眼望去，田野里的稻谷已成金黄，农家小院的菊花正当烂漫。与之相映的，还有屋顶上外表渗透了霜状细粉、长得结实爽脆的南瓜。

秋阳下，南瓜憨厚质朴的模样，金黄色泽的温暖，让人如邂逅旧时光般怦然心动。人们将它们一个个抱回家，就那样懒懒散散地堆放于地上，没有一点金贵之物的派头。

亦粮亦蔬，无论色泽还是口感都让人赞不绝口的南瓜，是种很好的食材，吃法很多，可蒸可煮可炒，理所当然成了农家餐桌上的常客。

然再好吃的东西，吃多了总让人生厌。就像南瓜，在"低标准，瓜菜代"的艰难岁月，它们作为粮食的重要补充，成了千家万户填饱肚子的活命餐。几乎隔三岔五甚至天天都要食用。亦因此，那会的我，有好长一阵子看到南瓜就反胃。要说唯一的例外，就是外婆做的香喷

当年外婆做的南瓜饼是没有馅的，只在揉粉时加了点糖，但入口依然软糯轻滑，且带着南瓜饱经风霜的甘香与绵甜，细细的、甜甜的，悄悄流到嘴里。

喷的南瓜饼。

我所说的南瓜饼，并非现今饭店里的那种。在视油如金的日子里，像此类煎炸耗油的做法，想想都会舍不得。即便如此，小时候能吃上南瓜饼，已算是件很隆重的事。

南瓜饼须得趁热吃才好。于是乎，一等到外婆揭开锅盖，我们兄妹的几只小手近乎同时伸了过去，争抢起刚出锅的美食。"小心烫着"，外婆在旁不停提醒着。烫，确实够烫的。拿在手上烫手，吃在嘴里烫嘴。

因此，吃之前，须得把饼放嘴边吹吹，继而轻轻咬上一口。当年外婆做的南瓜饼是没有馅的，只在揉粉时加了点糖，但入口依然软糯轻滑，且带着南瓜饱经风霜的甘香与绵甜，细细的、甜甜的，悄悄流到嘴里。等到美味全数下肚之后，那份甜、爽、糯的感觉，更是久久不散。

如今的我，在家得闲时也会做南瓜饼。为了增加饼的美味，还在粉里加了鸡蛋，并包入了豆沙、枣泥等馅料，最后放到吱吱作响的油锅里，用小火翻来覆去煎得金黄。

然兴许是心境少了弥足珍贵的仪式感，再怎么吃，也吃不出小时候外婆做的原味南瓜饼的那种味道了。🅲🆂

一张油纸上的美味

姚家驹

　　和我比较熟的朋友知道，猪牛羊肉中，我最喜欢吃羊肉，一般约我吃饭，会投我所好地约个新疆餐厅，其实他们可能不知道，我最怀念的是华漕羊肉庄上的热气白切羊肉。

　　记得小时候一到三伏天，父亲就准时每天早上去华漕打卡，吃羊肉烧酒了。而恰逢暑假的我，得了这个时令的"红利"，可以坐上父亲的摩托车去参加这场老爷们儿的活动。

　　吃羊肉烧酒的地方叫"羊肉庄"，听这个词就能联想到肉铺、大砧墩，所以其实并非沿街的店铺，而是开在大型的农贸菜场里的一个门面。门口永远是热情的老板娘，面红堂堂，一口华漕本地话，而老板常常在炉边照看着煮锅，或者在分切羊肉，很少"抛头露面"。

　　父亲进店："老板娘，来10块钱的羊肉，腰窝。"印象中懂经的

食客都会说"腰窝"，羊腰部附近的肉，会稍微偏肥一点。谁要是说喜欢精一点，怕肥怕壮，恐怕是会被人笑话"洋盘"的。

点完单，不一会儿工夫，羊肉就上来了。这里的羊肉切块后是装在一张油纸上的，并不装盆。热的羊肉，切下来还是软软的，甚至有些没有形，一坨坨，卖相或许比不上冷冻白切羊肉水晶糕般的方整，但，它绝对是个美人——羊皮，肉粉色的皮，上面隐约还冒着一丝热气；肥肉，热气中几乎吃不出油腻感；精肉，爽滑顺喉，不柴不塞牙；一层白色的筋膜，巧妙地增加了咀嚼时的质感。四者整个地一筷送入嘴中，一瞬间，幸福感充盈口腔，让人忍不住再来第二口、第三口，大快朵颐……一次，父亲光顾着和邻桌几个相识的叔叔伯伯寒暄，待举筷一看，已被我席卷了一半。现在想来真是奢侈，10块钱的羊肉，被我吃掉了5块钱，当年一根金娃娃雪糕5毛钱，各位可以代入换算一下。

老汤底烧出来的肉自带着咸鲜味，并不需要调料。当然有些爷爷辈的，口味更重，会需要酱油。有几个老爷叔，酱油碟子也不用，直

吃一口羊肉，"咪"一口白酒，
啧啧啧——当年我在羊肉庄看到
的都是白酒，没有见过黄酒。

接淋一点在油纸上蘸蘸，那操作，好比今日在麦当劳把番茄酱直接挤在汉堡纸上。

吃一口羊肉，"咪"一口白酒，啧啧啧——当年我在羊肉庄看到的都是白酒，没有见过黄酒。如果现在谁说"羊肉烧酒"喝黄酒，那这组合在我眼里只能是个弱化低配版。再说回那张油纸，笃悠悠地吃，油纸上的羊肉一块块少了，最初那股刚出锅的热气也退去了几丝，羊肉的温度降下来了，虽然是三伏天，但那张纸面上会渐渐凝结出一层白色油脂。它很轻薄，没有冷冻白切羊肉那层油的厚重感。用筷子夹住一块肉的同时在纸面上抹一抹，把那层白色的油脂如佐料般裹到肉块上去，尝起来别有风味。还有一种吃法，就是纯粹用筷子在纸上轻轻一刮，让油脂聚集到筷子的一侧，随后直接送入口中。如果你懂帕马森干酪配菜吃或是直接吃皆是美味，那道理是一样的，大美至简。

有时父亲还会叫上一些羊杂碎，本地话里叫成"羊零碎"，有肺头、肝、肚子，甚至还有眼睛。其中我最爱的就是羊肝，那口感与鸡鸭家禽类的肝相比，颗粒要粗一点，但又不失肝脏的粉粉绵密，嚼起来唇齿留香。成年后知道吃内脏有高血脂风险，就渐渐戒掉了所有"肚里货"，唯独遇到羊肝，我是会破戒的。

好了，羊肉和烧酒都吃得差不多了，此时就可以叫上一碗阳春面，把纸上余下的羊肉、羊零碎一齐推入碗中，让它们在滚热的汤面里再来一次还魂，当然，那油纸上的羊油也是断不可浪费的，仔细地刮下来加入面里，然后用筷子把面上下抄两下，那美妙的羊油味就飘逸出来了。**不喜羊肉的人，大多是怕膻味，但爱它的人，认的就是那香气吧**。每次吃完，父亲都会再要一小份羊肉或是一点羊零碎，包入那张印有阳春面图案的油纸里，带回家去孝敬爷爷奶奶。

再后来，我好像就没有再去过羊肉庄了，想来，可能是因为我大了，不再是一个"跟着阿爸吃老酒"的小孩了。听说华漕羊肉庄的生意依然红火，而且现如今各家生活富足，也不再刻意等到三伏天，想吃羊肉就买一份。前几年，在本地宴席上，就见到了盒装的华漕羊肉。我尝了尝，嗯，羊肉本身还是那咸鲜的口味，这么多年，汤底的配料秘方应该没有太大调整，但那张曾经让我心心念念的油纸不见了，心里不无遗憾。而且盒装的打包食物，到底没有了周围爷叔们聊天的气氛烘托，少了点什么。现在想想，那羊肉庄里挤满了男人，没有一个女客，他们嘎讪胡、吹牛皮，甚至为某个话题争个面红耳赤。哪里是一个羊肉面馆，俨然是一群老男人的"沙龙"。🅲🅢

从一杯酒，讲上海的故事

姚家驹

　　近日翻看上海民俗学家薛理勇老师写的《老上海浦塘泾浜》，其中一篇题为《上海不是渔村——是酒乡》的文章很有意思，文中提到，"上海"这个地名在文献中最早出现，见于北宋的《宋会要辑稿·食货十九·酒曲杂录》。这份文献相当于北宋的征税统计报表，其中记录了"上海务"在"酒曲"这一项上的征税额。江南是稻米的种植区，自然也生产酒。这份征税报表，把上海与酒直接联系起来了。其实我还

在不少人的刻板印象中，地处南方的上海人是不善喝白酒的，喜欢"咪"几口黄酒，再不然也是"像煞有介事"地端一杯红酒。其实不然。

有一个故事，可以证明，上海与酒的联系更早。

1959 年，马桥公社俞家生产队社员在开挖作业时，发现红色印纹软陶碎片，引起了当时在该队劳动锻炼的下放干部的重视，他们立即向公社、上海县有关部门汇报，随着专业考古团队的介入，一个跨越 5000 年的历史遗址，重新呈现在了世人的面前。这就是被国务院评定为"全国重点文物保护单位"的马桥文化遗址。

它的重见天日，对研究上海地区的历史发展提供了新的线索，首度将上海的历史向前追溯了 5000 多年。如果你去过马桥文化展示馆，相信你会对展出的各种陶质器皿印象深刻。新石器时代，先民的材料非常有限，但在考古挖掘出的陶器中，出现了一系列酒器：有与青铜器造型相似的觯、觚，还有鸭形壶、盉等，器型都相当规整，还配有弦纹、云雷纹等纹饰。**从出土的酒器来看，马桥文化时期饮酒之风盛行。你可以想象，我们的先民在劳作耕种之余，酝酿美酒、庆祝丰收的欢乐景象。**

在农业文明刚起步的时期，粮食收成完全依赖自然与气候，如果哪家的米不但够吃，还有剩余的米可以酿酒，那可是极大的幸福了。所以五千年前的汉字"福"，从字形上看，酷似一个酿酒瓶。可见在先民们的眼中，幸福，几乎等同于家里有酒喝。马桥文化中发现大量的酒器，反映了那个时期社会生活中以饮酒为中心的活动已经非常普遍。这些考古发现无不展示着我们先民富足的生活，对幸福生活的向往，也让我们看到了上海这片土地上悠久的酒文化历史。

与黄酒、啤酒、葡萄酒相比，白酒是个狠角色。喝起来痛快，诠释了"大口喝酒、大口吃肉"的豪爽；它更是重要场合一个举足轻重的角色：**人们常说不喝酒办不成事，这酒当属白酒；办大事的酒，是白酒才能担当的角色。**

在不少人的刻板印象中，地处南方的上海人是不善喝白酒的，喜欢"咪"几口黄酒，再不然也是"像煞有介事"地端一杯红酒。其实不然。在 20 世纪 90 年代，我见家父喝的都是白酒。每到杨梅季，家中还会浸杨梅酒，以备治腹泻，这时的酒也非白酒莫属。三伏天喝羊肉烧酒，也是白酒，喝黄酒的那可是认输了。

上海这一江南之地，怎会有着喝白酒的传统呢？据说这其中还有一个故事：据史料称，宋金战争开始后，有一位叫韩世忠的将领，随宋高宗南下。他和岳飞一样，胸怀平定叛贼、收复失地的决心，又骁勇善战，能于千万军中取敌首级。

建炎三年（公元 1129 年）冬，金兵渡过长江侵犯江南。韩世忠

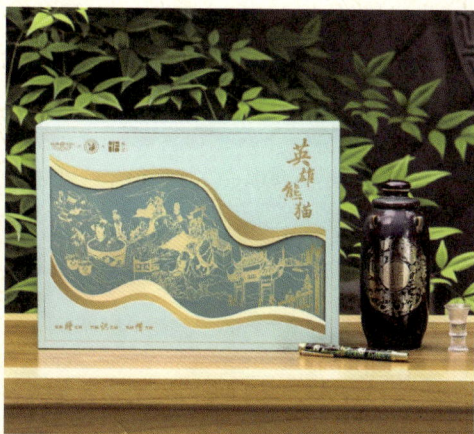

英雄熊猫礼盒荣获2023年"上海礼物"称号，七宝熊猫酒它酿制的是上海的一段人文历史。

率八千人乘船到镇江，守卫长江，与金兵相持四十八天之后，韩世忠率兵直向东南推进，让敌人进退无路。当时韩世忠就屯兵在淀山湖一带，也在七宝地区驻扎过。那一仗，韩世忠统率水师把金兵的十万大军打得落花流水。大战告捷，打得酣畅淋漓，韩世忠在驻兵之处犒劳各将士，赐酒三千。他和所率部下都是陕西人，喝的是北方的白酒。那一刻，没有恢宏的楼宇庇护藏身、没有精致烹饪的珍馐佳肴、没有促膝围坐的妻儿老小，以天地为穹庐，下一刻不知生死，唯有杀戮和鏖战。**他们喝的是白酒，又不是白酒，而是凝聚的士气，端起酒，杯盏相碰间是沙场上的性命相托，觥筹交错间回荡着男儿大丈夫的壮志雄心**。

自此，在上海的江南之地，留下了白酒文化。相传，韩世忠犒劳三军时使用的酒器被称为"韩瓶"。因韩家军抗金有功，受到人民爱戴，韩瓶在民间也曾一度被作为酒器使用。清末，上海郊县的浜底下，仍找到过这种酒瓶。

由吴玉林主编的文史散文集《蒲汇塘》一书中，收录了上海市民俗文化学会会长仲富兰教授的一篇回忆文章，讲他幼时老街隔壁邻居有位徐伯伯，手里经常提着一瓶老酒——七宝大曲。"他的老伴给他端上小菜，他就慢品细啜起来。"诚然，20世纪七八十年代，七宝老酒是上海人最常喝的本地白酒。至今，不少老上海说起白酒时，恐怕

也只知七宝熊猫，说不出其他品牌了。

随着人们生活习惯的改变，高度白酒备受冷落。上海啤酒市场迅速成长，加上黄酒的强力竞争、洋酒的跃跃欲试，本地白酒节节败退，渐渐淡出人们的视野。不得不说，是一种遗憾。

海派文化，是属于上海的独特文化，它根植于江南地区传统的吴越文化，并且融入了全国各地的文化以及开埠以后来自各国文化而逐步形成的一种不同于中国其他地区的文化。在我们常见的各类海派文化符号里，七宝熊猫酒似乎是一个被忽略的媒介。但其实，七宝熊猫酒的品格，恰恰与上海的海派精神是契合的。

七宝老酒已有一千多年的历史，明清年间就以酿酒出名，20世纪也曾风行上海滩，是老一代上海人钟爱的白酒。2018年，响应市政府"上海品牌复兴计划"战略，七宝酒厂经多方努力，恢复了"七宝熊猫酒"这一品牌，并努力杂糅"各派技艺"，致力于打造具有上海海派特色的白酒。

七宝酒厂与贵州茅台镇合作，选用来自中国酱酒核心产区的酱香酒，这个以茅台镇为核心的 7.5 平方公里的地区，拥有国家认可的中国地理标志。工艺上，沿用的是中国酱香白酒始祖仡佬族的传统技艺。这一技艺，不仅是茅台酒酿制工艺的前身，更入选了贵州省非物质文化遗产名录。

七宝熊猫酒在酿制过程中经过多次蒸煮，将粮食中的淀粉不断发酵，慢慢"逼出"酒精和其他有机物。对比"有滋有味"的美酒，酿酒的过程可谓是"枯燥无味"，且耗时漫长：从开始酿制的第一天算起，经历端午制曲、重阳下沙、二次投料、七次取酒、八次加曲发酵、九次蒸煮，基本的生产周期就长达一年。而刚刚制作完的白酒并不能马上装瓶上市，还要经过后续一系列的工艺流程，**最终，当一瓶白酒呈现于市场之时，距离它酿制的第一天已经过去了整整五年。这近两千个日夜的工序，是对于品质的坚持与信仰。**

此外，为了弘扬本地文化，七宝熊猫酒推出了马桥文化 × 韩瓶联名装，酒瓶参考了韩瓶的造型烧制而成，瓶身瘦长，口沿较大，瓶肩加装了四系，与北宋"天威军官瓶"同出一脉，做工精致。酒杯则借鉴了马桥文化出土的觯杯设计，长身、底部和口部皆呈喇叭状，瘦长细腰，并饰以云雷纹。七宝熊猫酒总经理王凯说："此款上海酒，能成为上海海派的白酒典范。"在他眼中，推广七宝熊猫酒，是向世界展示新时代的上海海纳百川精神和源远流长的文化底蕴的一种方式。

七宝熊猫酒已不仅仅是杯中物，它酿制的更是上海的一段人文历史。如果你想尝一尝七宝白酒的味道，不妨前去位于七宝老街竹行弄的七宝熊猫酒酒文化中心，亲手揭开这款海派白酒的神秘面纱。

酒，缓缓从韩瓶倒入琉璃的觯杯，晶莹、澄澈、透明，未待举杯，香气已四溢开来。看一眼，杯中的佳酿剔透如琼浆玉液。抿一口，有清甜有辛辣，鲜美、软嫩中带一点白酒之烈。当斟满一杯甘甜的七宝熊猫酒一线入喉时，不禁会感叹："金风玉露一相逢，便胜却人间无数！" CS

大师的小酒馆

姚佳妮

从沪闵路转入光华路，向前走一百多米，就来到了位于 79 意库入口处的"大师的小酒馆"。门口满地蓝白两色的海浪彩绘，在上面每走一步都有追波踏浪之感。而那栋二层小楼，则是满墙的手绘，透着浓烈的热带雨林色彩⋯⋯

老板陈申乐有着很多身份，早年在大学学的是服装设计，后来成了赫赫有名的海派玉雕大师，作品屡获"神工奖""百花奖"等各类奖项，工作之余他还是位职业葡萄酒品酒师⋯⋯这每个行当，听起来都是高端又文雅的；烧烤，可是夜市黑暗料理界的头牌，实在是下里巴人的俗。让我忍不住猜想：这雅俗结合，玉雕大师开出的烧烤店是什么样的？

华灯初上，原本安静的 79 意库园区，也因小酒馆闪烁的霓虹和大屏幕而渐渐热闹起来。走进店内，一墙的绿色，满满的森系感扑面而来，很适合假想自己徜徉在某个远离尘嚣的森林中。来到吧台，陈申乐向我展示了各种酒品后，还饶有兴味地让我看那堵砖墙，细看之下才发现不是墙纸。他自豪地介绍："是我自己画的，还可以吧？"店里的装饰，大到整体的设计，小到一个摆件，哪怕貌似不经意的东西，无不透出他的审美趣味。楼梯口的黄酒坛子，竟用来种了三角梅。

我挑了一个店门口的座位，落地窗，头顶是取暖灯，像极了欧洲咖啡厅的露天位。而投影仪的屏幕就是酒馆对面的一整堵墙，赛过 100 英寸（2.54 米）大屏幕。最近正值世界杯，墙上投的是赛前集锦的体育节目。坐在这里，低头可以吃到烤架上的食物，抬头能看到远方的世界，真是很不错的体验。

老板直接吩咐伙计给我配一点菜。没有看菜单，等待我的是一个大大的盲盒。小酒馆，自然先要来喝酒，陈申乐凭着品酒师的眼力，给我点了一杯百香果精酿啤酒。我抿了一口，忍不住赞叹好喝，感觉不像是在喝酒，更像在喝果汁，但又不乏啤酒那种醇厚的麦香，真是完全击中女生的一款啤酒，爱了。

艺术家是不满足于复制和雷同的，陈申乐尤其如此。市面上的烧烤店大多用冰冻肉，当天预热一下，烤焦黄后撒上调料，就能遮盖掉食材新鲜度的不足。陈申乐说他不要套路，他的烧烤店食材要新鲜，

菜品要特别。竹签上的羊肉切得大小适中，羊肉的滋味很浓——老板说这是热气羊肉，早上去市场上买新鲜的，然后用刀工切出来的。烤牛腱子肉一端上来，就香气扑鼻，新鲜的肉不用过分调味，也不用烤焦，那肉的鲜香已然可以比过任何一种调料了。烤玉米真是有些意外，一小排的玉米粒串在一支竹签上。玉米的口感不同于一般的蔬菜，软糯有弹性，稍稍加了点孜然粉，嚼起来竟吃出了一丝肉味，但不是大块的，而是小颗小颗的。突然觉得，这道菜如果改名为：烤"珍珠米"，用上海话才更显出它的精致感。烤面包正中我下怀，焦黄、松脆，可夹肉可蘸酱，说实话，在烧烤店吃到烤面包，于我还是第一次。

陈老板另一个不走寻常路的做法是不但卖啤酒，还卖热的黄酒。冬天的烧烤是不太友好的，刚烤好是热的，拿上来是温的，稍微说两句就凉了，夏天爽口的冰镇啤酒，到了冬天多少有些尴尬。老板说他特别买了一个酒精炉，同时还推出了一款暖热的黄酒。感觉在这里吃烧烤，天可以慢慢聊，酒可以慢慢喝。"一家店能满足客人，就养人了。"他说。其实，除了气温，一些本地食客觉得啤酒加海鲜是会导致痛风的，于是他推出黄酒也不失为一种解决方案。陈申乐说："这才叫好玩，去满足不同客户的需求。"他好像不怕问题，喜欢把问题逐一击破的过程，就好比遇到一块并非完美的籽料，或许有瑕斑、或许成

华灯初上，原本安静的79意库
园区，也因小酒馆闪烁的霓虹
和大屏幕而渐渐热闹起来。

色不够清透，但他总能想办法巧妙地化朽为奇。

这时，服务员送来一盘烤好的生蚝。我用筷子小心地把生蚝请出壳，吃到嘴里，滑嫩多汁。生蚝是小酒馆的招牌菜，老板将价格定得很亲民。一边吃，他一边给我讲起一个顾客，每次来，坐下只点六个生蚝，两杯啤酒（还是最便宜的 15 元一杯的德式小麦），充卡还打八折，来吃了几次了。听着这个故事，我不禁问他，这样的"黄金点菜法"是否会把店吃亏本？对此，老板倒是有他自己的判断，或者说调侃："不至于亏本，但被这样懂经的顾客占了便宜，好像还是蛮开心的。我朋友说，**做烧烤店要熬得住。熬得住的事情我可以！**"

夜深了，进店来撸串看球的客人多了起来，我也打算起身离开，齿间烧烤味和百香果啤酒味还未消退，回味着陈申乐的话："我比较喜欢我的名字，乐，乐在其中，我就图个乐。我希望这个地方有烟火气，有好多朋友可以过来。朋友聚着聚着就聚起来了，没有这口酒，没有这口菜，人家就走了。"我想这就是他在小酒馆中融入的玉雕哲学吧：细细雕琢，慢慢养，并乐在其中。 Ⓢ

"老八样"，有吃头

钟合

　　吃年夜饭是合家团聚、辞旧迎新的传统。除夕的年夜饭是国人最为看重的一顿餐食，吃饭时一家人必须聚集在一起，菜肴也要比平时丰盛得多，称"吃团圆饭"，也叫"合家欢"。因各地菜系不同，故而菜品也是各有特色。

　　过去，在闵行一带，传统年夜饭的菜肴一般是"老八样"，有些地区称"蛮八样"。传统的"浦东老八样"在《民俗上海·浦东卷》中有提及："这八种菜肴分别是扣三丝、三鲜、扣鸡、走油肉、鲜肉水笋、红烧河鲫鱼、珠菜荸荠、烂糊肉丝……根据时令不同，部分菜肴会有变动。"现在，在闵行区浦江镇的召稼楼景区，"老八样"已成为本地招牌，来这里的游人大都会去尝一尝。

　　当然，一份热气腾腾的什锦砂锅也是必不可少的，其中的爆鱼、肉皮、咸肉、五花肉、猪脚、肚片、蛋饺、肉圆、鱼圆、冬笋片、白菜、粉丝、黑木耳、香菇、青菜心等都是让人垂涎之物。

　　哪怕是在日子尚不太富裕的岁月，本地人家也特别善于"穷年富

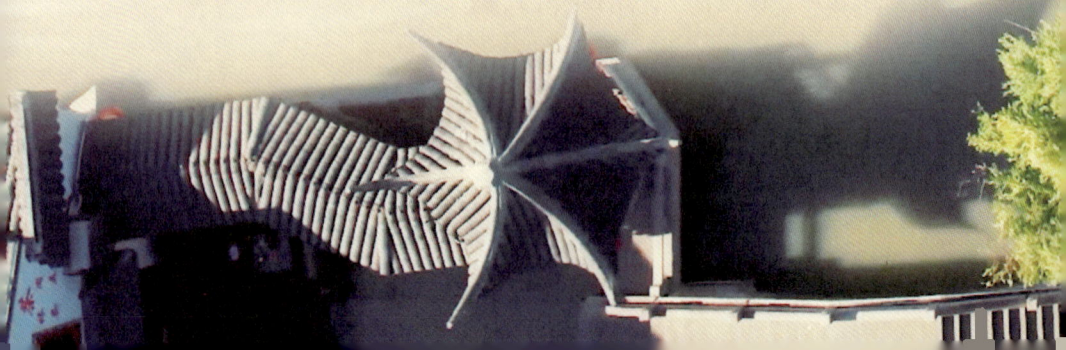

过"，很讲究年夜饭的口彩：四喜烤麸、塌菜冬笋（塌菜，又名塌棵菜，在上海话中与"脱苦菜"谐音）、蛋饺（象形的金元宝）、八宝饭、汤圆等，所有这些为来年讨口彩的菜肴几乎是每家每户的必备。此外，年夜饭里一定要有鱼，寓意"年年有余"。读来和"发财"谐音的发菜、象征着"升"和"发"的发芽豆和黄豆芽、又名安乐菜的豌豆，这些寓意吉祥的菜品都是年夜饭的常客。上海还有句谚语："**除夕吃芋头，一年四季不犯愁**。"因此年夜饭也会吃些芋头。

20世纪80年代后，市民的收入提高了，而年三十又要上班，没有时间准备年夜饭。于是各饭店、宾馆适时推出了年夜饭的项目，一时间供不应求。在一些知名饭店，往往需要提早几个月预定春节酒席。

进入21世纪后，年夜饭形式更趋多元化，不同群体的需求差异分化明显。商家也适时做出调整，推出种类更趋丰富的定制年夜饭。随着电商的兴起与繁荣，将菜肴和配料配置好，及时送货上门的半成品年夜饭大受欢迎。

年夜饭吃完后，家庭成员无论老小都会围坐在一起谈笑、吃美食、看春晚，或做游戏、打扑克、下棋等。等到12点钟声敲响，迎接新年，然后才可以睡觉，叫"守岁"。其间，人们通常会一起品尝

糖果、瓜子、花生、蜜枣、柿饼等零食。其中，柑子是除夕不可缺少的果品。俗语说："除夕吃红柑，一年四季保平安。"这些果品和守岁酒要一直吃到第二年。

随着网络普及，守岁时给亲朋好友发短信、微信祝福，成了很多年轻人的习惯。过去传说是老天爷在此夜会打开天门，将金银财宝撒往人间。其实，这反映了人们希望能过富裕生活的祈盼。一般要点起红蜡烛，香炉里插着一大把香。等到香、烛燃毕之时，也就已经是五更鸡啼了。老派的上海人坐在守岁桌旁，看大红蜡烛的烛芯结出各种模样，名之为"如意"等吉祥的称呼，表示对年岁的祝贺。

老上海传统大年初一早上要喝"元宝茶"，茶中除了要放一些上等的茶叶以外，还要放上两枚清香脆口、涩中带甜的青橄榄。此日的早点，大多吃糖拌小圆子、宁波圆子、酒酿汤圆、糯米糕、红糖枣子汤等，也有的吃两只加有红糖的"水潽蛋"，寓意甜甜蜜蜜、团团圆圆。20世纪60年代后，一些上年纪的老人还比较讲究，年轻人中间逐渐弱化。

正月初一中饭也是全家的聚餐，上海人颇为重视，吃的每一道菜，也都有讨口彩的叫法，以图吉利。

正月初一中饭也是全家的聚餐，上海人颇为重视，吃的每一道菜，也都有讨口彩的叫法，以图吉利。肉圆、蛋饺是必不可少的，肉圆象征团圆，蛋饺寓意招财进宝；菠菜因为梗长，叫作"长庚菜"；青菜色绿，叫作"安乐菜"；黄豆芽与油豆腐同煮，叫作"如意菜"；百叶包肉称"百叶如意卷"；用菜心、豆腐等烧成后用百叶卷裹，称为"卷钱捆"，以示来年财源滚滚而来；饭里预埋荸荠，吃饭时用筷子挑出，叫作"掘元宝"；一般不将鱼吃光，叫作"年年有鱼（余）"。**春节里最有代表性的节令食品是年糕，几乎家家都要做年糕、买年糕，讨"年年高""节节高"的口彩。**

1949年前，还有在正月初一饮屠苏酒的习俗。屠苏酒的制法通常是把药料盛在三角绛囊中，除夕之夜，将其悬浸于井，初一寅时取出，放在酒里煮沸四五次，然后举家痛饮。民间相传有解毒驱邪的功用。21世纪后，开始有企业制作屠苏酒，一些百年药店有屠苏酒销售，有极少数市民家庭还保有喝屠苏酒习俗。

春节期间，闵行家家户户会自制或购买各种糖果和风味食品，如蜜枣、桂圆、橘红糕、云片糕、油枣、金橘、糖莲子、芝麻糖、花生、开心果等，还有各种水果，供家人尤其是小孩享用，以及招待前来拜年的亲戚，初一早餐后便会将其摆放在客堂。传统上有红漆果盘，大多是九个小盘，大大小小互相对称，正中一个方形斜置，四边四个三角形，围合成一个大方形，又有四个三角形围在大方形的四边，这样拼好又恰是一个正方形，形成一个大果盘。这些盘子里通常都画着和合二仙、八仙之类的吉祥图案，精美喜气。☐

召稼楼老八样视频

"羹水承欢"的马桥豆腐干

沈嘉禄

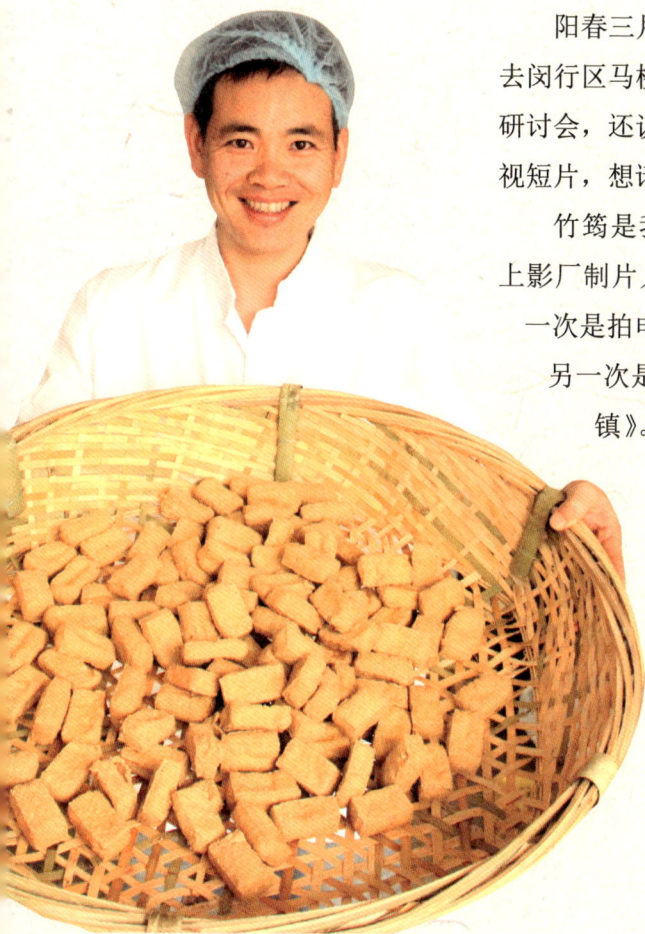

阳春三月的某一天，吴竹筠兄请我去闵行区马桥镇参加一个关于豆腐干的研讨会，还说："这次我们准备拍一部电视短片，想请你当片子的美食顾问。"

竹筠是我20多年的老朋友。他以上影厂制片人的身份与我合作过两次，一次是拍电视连续剧《小绍兴传奇》，另一次是拍贺岁片《春风得意梅龙镇》。两部影视片都与美食有关，情节曲折，人物出彩，风格诙谐，播出后受到观众的好评。其实作品不是我最看重的，偶然触电并不代表我内心的狂野。但是竹筠接手了这个项目，他平时又特别较真，这个忙我一定得帮。再说我吃过几次

> 一部分豆腐浆水被更紧密地压榨，做成豆腐干。与一般豆腐干不同，马桥的豆腐干，阔大、厚实，细嗅之下还有一股被烟火熏过的味道。当地人最认这种气味，称之为"焦毛气"。

马桥豆腐干，印象不错。

20 世纪 50 年代，马桥离市中心还感觉很远，似乎被刚刚创建的闵行工业基地所代表的城市文明与工业文明遗忘在河的那边。农村里还维持着农耕文明的格局，比如，每个村落都有豆腐加工作坊，那是一种生活与商业的需要，也是江南稻作文明的印记。一部分豆腐浆水被更紧密地压榨，做成豆腐干。与一般豆腐干不同，马桥的豆腐干，阔大、厚实，细嗅之下还有一股被烟火熏过的味道。当地人最认这种气味，称之为"焦毛气"。

到了 20 世纪 80 年代中期，农村集体所有的豆制品作坊相继关闭。马桥镇望海村的几家农户为了生计，勉强保留了手工作坊。在技术层面，机械化的豆制品厂代替了原先的手工作坊，手工作坊的处境岌岌可危。没承想，在城市格局发生改变、工业文明大举渗透的时候，手工食物的制作工艺引发了人们的关注，它的味道格外令人怀念。于是马桥豆腐干被许多饭店加工成美味佳肴，成为足以代表闵行甚至上海的风味。到闵行，到马桥，如果不尝尝那种"外表笨拙、内心善良"的豆腐干，那等于没有到过那里。

马桥豆腐干的原料是当地所产的优质黄豆。浸泡黄豆的水也是讲究的，要干净、酸度正好，磨浆、滤浆、熬熟等工序都要认真对待，算准时间。"天气也很要紧，天热天冷、天晴天雨，都要区别对待。"黄豆太生或太熟都会影响豆腐干的口感。黄豆磨成浆水后，熬熟去水，

然后用木模压制成型，分切成块，最后放入汤料锅里文火慢煮，入味后就大功告成。

如今豆腐干的制作工艺已评定为区级非遗项目，也指定了一位年轻的传承人，颁发了"马桥香干"的专属商标、证书等。不过马桥真正制作豆腐干的师傅已经不多了，还因为作坊的场地和经营许可证等问题，基本处于"休克"状态。马桥镇明确表示："一定要加大保护和整治力度，推出相关政策和扶持措施。不久的将来，马桥豆腐干一定要进入正常生产，扩大规模，保障市场供应，以后还要走出国门。"

过了两个月，短片开拍了。我除了在剧本上提点意见之外，还出镜讲了三段话，指出"豆腐是世界上最早的分子料理"，最后一段还特别提到了"菽水承欢"这个成语。孔子曾经对他的学生子路说过："啜菽饮水，尽其欢，斯之谓孝；敛手足形，还葬而无椁，称其财，斯之谓礼。"孔子认为，当父母年老后，牙齿不行了，儿子应该做些豆腐或豆汁让父母享受。**此后 2000 多年里，经过李商隐、陆游、高明等文人借以诗歌和戏剧等文艺形式的传播，"菽水承欢"就成为中国孝文化的一个话题**。我想，在马桥豆腐干重回中国文化的大背景时，这一点精神内涵应该得到精准解读，否则就难以理解马桥豆腐干为何必须做得绵密松软，又含有丰富的气孔。这份匠心所体现的孝心也可能被湮没在滚滚红尘中了。 🅒

一瓯梅酒醉江南

王蕙利

　　青梅似乎是一种与众不同的水果。或许是因为它们天生就有的酸楚滋味，从意蕴上沾染了几分愁意，使之别具一股浓浓的文艺气息。古往今来，青梅与成语、诗词一直有着不解之缘。"望梅止渴""青梅竹马""却把青梅嗅""黄鹂啼多芳草远，青梅子重杨花飞""青梅又是花时节，粉墙闲把青梅折"……每一句都是如此妙不可言，意蕴无穷。

　　新鲜的梅子，生食酸牙咧嘴，实难入口。但在时光流转中，先人发明出了诸多种解锁它们酸味的享用之法。早在周代，当时的古人便已懂得用梅子去除鱼腥、软化肉类的纤维组织，并将它们视为制作羹汤时必不可少的调料。《尚书·说命下》说："若作和羹，尔惟盐梅"——用什么来调和汤羹味道？只有盐和梅。

　　此外，这种被春日的阳光照耀，被周边的文化熏陶的物事，另有一份人世间的欢喜与其有关，那就是——青梅酒。

　　青梅酒的泡制不难，只需把握好酒与糖的选择。从选酒的角度看，软妹系低度黄酒与硬汉系高度白酒，都能用来泡青梅酒。只是实际操作中，前者较易起霉菌。而在用糖方面，市售青梅酒，出于成本考虑，多用白砂糖。自家制作，大可选择口感更佳的冰糖。

　　将青梅仔细清洗，逐一用牙签去除果蒂，摊放在匾里，置于阴凉通风处慢慢吹干，便可随冰糖一起放入坛中，并豪迈地倒进白酒，直至漫到瓶口时，即可封好口子，静静等候时间的造就了。

在之后的这段日子里，窗外的雨每下一场，这酒就浓稠一些。再下一场，便更浓稠一些。等冰糖烊进了酒里，梅子的滋味也溶入酒里，梅雨即将到尾声的时候，自酿的青梅酒，便可享用哉。

打开一坛新酿的青梅酒，寻一只精致的小酒杯，将酒轻轻倒入。瞧一眼，酒色淡青；闻一下，沁人心脾。

轻啜一口。梅子与酒的邂逅，前者成功消解了后者的浓烈，后者则成功地抹去前者不受欢迎的酸涩。彼此驯服下，成就出奇妙的芬芳。舌尖触碰间，酒味出乎意料地醇和，不仅微微带些水果的甜柔酸涩，还兼具粮食酒的绵长香浓，别有一种说不清的快感。

青梅酒，很适合独酌。即便是平时很少沾酒之人，在这香飘四溢的梅酒诱惑面前，也免不了一杯接一杯啜饮。**任梅的清香、糖的醇厚、酒的刺激，交糅在一起，直醉了一床酒意**。那是此季节中，特有的曼妙时光。

然真正的好滋味，还需等到三个月后。就当桂花飘香之际，与一席老友相聚，分享一坛以时间为配料、颇有点春天播种秋天丰收味道的青梅酒。就着那盈喉的酒香，共诉一段曾经的水乡往事。🈂

冬日里，食刀鱼

罗 曼

　　大雪节气，好友来沪公干，余得半日闲暇于是邀我作陪，点名要逛逛七宝老街。午后的阳光泛在蒲汇塘碧绿的水面上，游客三三两两地拍着照，赏着景，老街的午后透着几分慵懒和惬意。

　　逛累了，好友问我老街上可有老家吃不到的美味。这可难倒了我这个外乡人，连忙求助网络，搜索后锁定了备受吃货们推荐的刀鱼馄饨，一道极富江南特色又营养美味的小吃。

　　刀鱼，学名刀鲚，体形不大，是一种洄游鱼类，每年春季由大海入长江及通江湖泊进行生殖洄游，和河豚、鲥鱼并称为"长江三鲜"。根据刀鱼不同的生长期，其品种有海刀、江刀、湖刀之分，其中口感和风味俱佳的当数江刀，也就是春季洄游入长江后所捕捉到的刀鱼。这一阶段刀鱼体内盐分逐渐淡化，恰到好处，味道最为鲜美。江刀肉质鲜美细嫩，清明时节尤其受追捧，价格也是海刀和湖刀的好几倍，但过了清明，江刀的口感就会变化，鱼刺变硬，就没有那么美味了。兼具美食家身份的大诗人苏轼就曾写诗赞美过

它，他在《和文与可洋川园池三十首·寒芦港》中这样写道："还有江南风物否，桃花流水鲚鱼肥。"诗句中的鲚鱼就是江刀，从古至今江南人士对刀鱼的推崇可见一斑。

那么问题就来了，这大冬天的，怎能吃到春季的食材？抱着试一试的心态，我们找到了七宝老街有名的刀鱼馄饨店。这家店就在老街著名的蒲汇塘桥边，下了桥就看见了"刀鱼馄饨"的招牌。

虽已过饭点，但仍有食客在门口点单。店铺面积不大，能听到内厅里的食客们用沪语聊着天，看来还是本地回头客居多。门口有两个阿姨，一个负责包，一个负责煮。除了刀鱼馄饨，店里还有黄鱼馄饨、海胆馄饨，种类还比较丰富，但点刀鱼馄饨的顾客还是多数，毕竟是店里的招牌，游客尝鲜，老客品味，各取所需。

出于好奇，我们并没有马上入座，而是在门口看阿姨用娴熟的手法包着馄饨。馄饨的个头不小，馅料包得很足，肉馅是白色的，但又不是雪白的颜色，有点淡淡的灰色。询问后得知这就是刀鱼馄饨肉馅，

一顿方便又美味的刀鱼馄饨打包带
回家去，不必拘泥于时节的限制，
想来也是好事……

但并非纯刀鱼肉，里面加了点猪肉。我连忙把之前关于时令的疑问抛出来，店里的一位师傅说："这是崇明的刀鱼，海刀鱼。现在是吃不到江刀的，已经禁捕了，至少十年别想吃到江刀了，现在都是用海刀鱼来代替，一年四季都有得吃。"听这位师傅介绍说，崇明刀鱼是还没开始洄游的"海刀"，所以不在禁捕范围内，现在市面上大多是此类刀鱼，口感比起江刀当然要逊色些，但营养价值都差不多。特别适合牙口不太好的老人家或是小朋友。隔壁桌的老夫妇，各点一个小份，吃完就走了，想必也是来解馋的吧。

一边吃，我们一边在手机上查起了师傅口中说的禁捕一事。原来自2020年年初开始，为保护长江生态环境和缓解生物资源压力，长江流域的重点水域就开始实施禁捕令。按照要求，自2021年1月1日零时起，长江流域重点水域将实行全面禁捕。**这一决定对长江流域的渔民来说无疑是一个重大的生活方式的改变，对万千的食客老饕而言也意味着过往的江鲜美味暂时只能在回忆中找寻了。**"挺好的，要不以后大家不仅吃不到，估计想看都得去博物馆看标本了。"好友笑谈道，"再说这海刀鱼吃起来也挺不错的。"说着端起碗喝完了汤。

的确，一顿方便又美味的刀鱼馄饨打包带回家去，不必拘泥于时节的限制，想来也是好事，虽无法媲美野生长江刀鱼的鲜美，但休养生息，保护生态的意义还是大于口腹之欲的满足感。 CS

里面是桃源，推开门红尘滚滚

小 满

寇先生在这条街上已坚守了近十年。

这条街叫作金平路步行街。它不是所谓的历史街区，没有厚重的人文积淀，只是二十年前伴随着周边房地产开发而建设的一条路，但在老闵行地区已然家喻户晓。十年前，寇先生从朋友处盘下这里的一家咖啡馆，扎根了下来。

这家咖啡馆叫作"南回归线"，不算大也不奢华。桌椅是本色原木，有点笨拙，罩了一层清漆，多了些许古朴的味道，楼上楼下满墙的书架，塞满了一本本的书，大多是旧的。说是咖啡馆，其实也有种

书吧的味道。平日里客人不多，三三两两，品着咖啡或茶，抽取一两本书翻翻，清静而悠然。中午时分，寇先生会在店里自炒一盘时蔬，而荤菜大多是一条鱼，然后再来壶酒，他养的那只叫作"拿破仑"的小猫则蹲在木桌上，看着主人怡然自得地小酌。

原本寇先生同这里没有什么交集，虽然三十多年前，他从遥远的甘肃考入了上海一所著名的高等学府读书，但那是在杨浦，一南一北，离老闵行实在有些距离。毕业后他回到故乡，在兰州一所大学教书，心心念念的还是上海，于是七转八兜来到了闵行，来到了金平路，竟喜欢上了这里，买了附近的房，又做了"接盘侠"，经营起咖啡馆。在寇先生看来，这条步行街的烟火气，透着亲切，浓郁得让他心安。

整条金平路地处老闵行成熟居住区，所以人气一直很旺。每到傍晚时分，这里成了附近居民们的主要休闲场所，人们三五成群在这里散步、遛狗、谈天说地，广场舞大妈跟着音乐翩翩起舞，不亦乐乎。街边大大小小的饭店、商铺灯火通明，霓虹闪烁，浓厚的市井味扑面

而来。寇先生则透过咖啡馆的玻璃门，默默地打量着过往的人们。

　　寇先生其实是个文人，年轻时写过小说，也写过诗歌，现在还时不时在朋友圈中晒晒诗作，有时是大段大段随笔类的文字，抒发着自己的情绪。我没有问过他为什么把咖啡馆起名为"南回归线"，但我猜想这应该不仅仅是一个地理名词，而是代表着某种心境。当代美国著名作家亨利·米勒就曾写过一部名叫《南回归线》的小说，是一部阐述自己内在精神世界的作品。或许，寇先生把他的南回归线咖啡馆也当作了自己的精神家园。

　　南回归线咖啡馆的外墙上写着一首诗，应该是寇先生自己创作的，名叫作《追寻逝去的时间》。开头这么写道："曾经奋斗、劳作，如今他开始萌生归意，而一座咖啡馆，就是他最好的去处……"他在诗中表明心迹，说要在这里"著书立说"，同时"享受闲暇"，**他承认，相对于外部物质世界的喧嚣，他仍未曾获得内在的平衡，他"憧憬未来，也有点怀旧"**。虽已年过半百，但寇先生骨子里还是"文青"。

> 说是咖啡馆，其实也有种书吧的味道。平日里客人不多，三三两两，品着咖啡或茶，抽取一两本书翻翻，清静而悠然。

店内，是他的世外桃源，推开门，则是红尘滚滚。

金平路从东川路一头走到凤庆路那头，如此规模的社区商业街，在上海其他地方是很少见的。"单就体量而言，不敢说金平路是'上海第一街'，但称'闵行第一街'似乎并不为过。"寇先生很喜欢这样的街区。

在每年九十月份，这里都会举办"金平之夜——南滨江街头艺术节"，除了一个主舞台，还设有多个分舞台。本地的演员和街头艺人带来了各种表演，有广场舞 PK、魔术、滑稽戏、民乐或管弦乐演奏等，为附近的居民呈上了一场家门口的文化盛宴。步行街上人流量高达数万人次，这是一条街的狂欢。寇先生说，这样的活动很接地气，可惜时间太短，才几天就结束了。**在寇先生看来，能聚人气，这样的街区才有活力**。左邻右舍走出家门，在一起聊聊天，有温度、有人情味。

寇先生的咖啡馆租期马上要到了，他又跟房东签了十二年。我称他是"大隐隐于市"。他答，他这算是偏安一隅，但会慢慢用一生见证，那朝霞一样的岁月。🅲🆂

一条臭鳜鱼，让爱情更香

钟 合

老闵行的碧江路上有一家名叫淮河两岸的徽菜馆，店面很小，生意却不错。

阿红说，他的小店能发展得这么好，原因有两个：一个是菜品味道的确可以，阿红 17 岁就来到上海做学徒，几道拿手的招牌菜，像什么臭鳜鱼、正宗土公鸡、地锅黄牛肉……吃过的顾客没有一个不叫好的，这一点，他是颇为自信的；还有一个原因阿红总结来总结去，结果还是那句老话，"每个成功男人的背后，必定有个默默付出的女人"，他把所有功劳都给了自己的妻子，归功于 20 多年的风雨同舟。

阿红和妻子都是新上海人，他们的相识同大多数来上海打拼的人差不多，当年两个年轻人同在马桥的一家饭店打工，一个在厨房做学徒，一个是前台的管理。他们是老乡，自然多些共同语言，慢慢就有了

感情。这一旦对上了眼，就什么都对了，没半年就顺理成章地结了婚。

　　自己做老板开饭馆是阿红的主意，对于当时已经有两个孩子的他们，这可是一个不小的风险，但阿红从来就不是个安于现状的人。他在把这想法说给妻子听之前，其实心里早已做好了被否定埋怨的准备。可出乎意料的是，**妻子说："想做就做，我支持你，大不了就一起辛苦点呗。"**

　　2004 年，阿红的第一家徽菜馆在碧江路上开张了，起早贪黑成了夫妻二人的常态。徽菜馆，自然主打的是徽菜。中国八大菜系之一的徽菜，能传承到现在，不仅是因为"一生痴绝处，无梦到徽州"的徽州大地走出了称雄商界的徽商，也因为徽菜本身令人回味无穷。徽菜的招牌菜之一臭鳜鱼，便是最好的佐证。过去的徽州商人外出做生意回家，总想带几条鳜鱼给妻儿老小尝鲜。因离家较远，便抹上点盐保鲜，但到家时鱼还是有点发臭，又舍不得丢弃，于是诞生了"臭鳜鱼"这道地方菜。如今沿用古法腌制的臭鳜鱼已有 200 多年的历史，做法并不复杂，却处处体现着徽州人民的手艺和心思。在淮河两岸徽菜馆，阿红把徽菜的烹饪发挥到极致。一道道徽州名菜在这家不起眼的小店让人大快朵颐。

　　为了让食客们吃到正宗的徽菜，阿红经常要跑去安徽农村采购当地的新鲜食材，妻子在做完店里工作后，便承担起了更多家务琐事。就

徽菜馆，自然主打的是徽菜。中国八大菜系之一的徽菜，能传承到现在，不仅是因为"一生痴绝处，无梦到徽州"的徽州大地走出了称雄商界的徽商，也因为徽菜本身令人回味无穷。

这样日复一日，两人边带孩子边忙事业，说不辛苦是不可能的，不过这就是他们的爱情，苦中却也蕴藏着相偎相依的幸福。

碧江路上的小店生意红火，人气与日俱增，喜欢折腾的阿红又在江川路上开起了分店，面积更大，环境更好。不管是本地人，还是生活工作在闵行的安徽人都知道，要吃正宗的徽菜，去淮河两岸错不了。依靠小店，阿红一家的生活也好了起来。这20多年来，他不仅在闵行买了房，一女一儿也分别于前几年远赴英国留学。两个孩子目前一个大三，一个大二。而他和他妻子的角色却没变，一个主外，一个主内，日子简单又合拍，朴实又随性。

阿红想起结婚时也未曾拍过一套婚纱照，未免有些遗憾。于是，在一个周末，他带着妻子走进了婚纱摄影馆。两人在镜头前略显局促，显然还没完全适应这属于年轻人的浪漫。**阿红告诉我，婚纱照相册背后的那一句话"愿得一人心，白首不相离"**，是他自己写上去的，也是最想说给妻子听的。

作为自家饭店的主厨，阿红却还是把家中的厨房交给了妻子。当问他谁做的饭比较好吃时，阿红肯定会回答："那必须是我老婆做的家常饭更好吃！"

其实仔细想想这也未必是谦虚，毕竟妻子做的饭菜里，用的是心，盛的是情。🅲🆂

一碗思乡面

金宇龙

　　家乡的味道就是魂牵梦萦的味道，这只有思乡的胃知道。

　　炎炎夏日的午夜，刚刚忙完手头的工作，早已习惯了夜宵的肚子不争气地咕咕叫了起来，拖着疲惫的身子，我便来到了位于安宁路上的曹记面菜馆。这家面馆在这条街上已经有些年头了，亲民的价格和不输大酒店的口味，为我们这些都市夜归人提供了一个如家一般的港湾。

　　我走进曹记面菜馆时，里面不算太小的地方已经座无虚席。在服务员的引导下，我和一个正在埋头吃面的中年大哥拼桌坐在一起。见我坐下，大哥抬头看了我一眼，然后给了我一个浅浅的微笑，也许这就是我们在这个熟悉而陌生的城市与陌生人交流的方式。

　　"吃点什么？"服务员大姐热情地询问着我，因为已经吃过晚餐，我只是简单地点了一份 12 元的葱油拌面，这低廉的价格也许不太符合上海这繁华都市的调性，但是却温暖着我们的胃。

　　在等餐时我无聊地翻看着手机，打发着等餐的时间，对面大哥呼哧呼哧地吃着自己碗里的面，吃得是满头大汗，可以看出忙碌了一天的他是真的饿了。突然一声声急促的手机铃声响起，大哥从口袋里掏出那一看就用了好久的智能手机，原来是有人给大哥发来了视频聊天的申请。大哥胡乱地擦了擦满是汗水的脸，匆匆地接通了视频聊天。

　　此时我点的葱油拌面也上桌了。接过面，我向服务员轻轻道了一

声感谢，便拿起筷子吃了起来，一口面入口仿佛带我回到了小时候放学回家吃妈妈做的葱油拌面的情景，不觉多吃了两口。

"爸爸，你吃饭了吗？"大哥手机里传来的稚嫩的童声，打断了我对童年的回忆，原来是大哥的女儿给大哥打来的视频。"吃了，吃了，你看！"大哥将手中的面在摄像头前比画了一下，"你看爸爸正在吃好吃的面条呢。"大哥满脸都洋溢着幸福和宠溺，很难想象是从这个五大三粗的汉子身上表现出来的。

边吃面边听着这对父女的对话，不觉心酸又不觉暖心。聊了一会，大哥挂了视频又埋头开始吃面。"大哥，这面能吃饱不？"我的一句问话打破了拼桌的尴尬。大哥先是怔了一下，然后朗声说道："能吃饱，这家的面便宜量大，特别实惠，我基本上天天来吃。"就这样简单的对话，打开了我和大哥之间的交流。

大哥是从山东来上海打工的，平时主要是白天在搬家公司帮人搬

家，晚上还要去快递中转站做临时工赚钱，碍于目前的条件，大哥只能把老婆孩子留在山东老家，一个人在上海打拼。每天晚上孩子们都要在大哥下班之后跟大哥视频聊一会，以解思念之情。每天来曹记面菜馆吃面就是为了这里的面便宜实惠，可以省下更多的钱寄回家里面，更是因为每次来吃都有种回家的感觉。**对于在外的游子，思乡之绪便如手中的一碗面：拿得起，放不下**。能够在外地吃到家乡味就是一种情感的寄托和回归，远离家乡，才明白那是缓解思念家乡的糖丸，也是治愈难过的良药。

听完大哥的故事，我陷入久久的沉思，我不也如大哥一般，孤身一人来到这座陌生的城市，在这家温暖的面馆里找到了家的感觉？

正如这一碗家乡面，上海的包罗万象、海纳百川可以让每一个游子找到家乡的味道。 🅒

寻雅

诗意栖居

闻清风鸟语，见明月彩云，在兰香湖边身披朝霞望日出，于光的空间用阅读品味"书式"美好生活，与彩蝶一起，等待那料峭春风吹开奇迹花园的第一场花海。

推窗见绿、开门赏景、起步闻香是都市人短暂出离现实的最方便去处，是不必做表情的地方。

嗨，那个大转盘

小 满

　　2019 年 1 月 1 日，冯敏在朋友圈里写下这么一句话——"新年第一拍，摩天轮常转，好运常伴"。附图便是锦江乐园那个直径达 98 米的摩天轮。我把此摩天轮称为大转盘。事实上，很多上海人都这么称呼它，很多上海人更对它情有独钟。

　　冯敏是一家电气企业的总经理，她是这"很多上海人"中的一位。她的单位就在沪闵路虹梅路口的锦江乐园附近。这一段的沪闵路甚堵，尤其是上下班高峰时，所以冯敏常被堵在这路口，望着不远处的大转盘，她总是不由自主地拿出手机，拍几张照。冯敏说，锦江乐园见证了她童年的欢悦、青年的成长，而如今的人生就像这个大转盘，周而复始。

　　的确，作为改革开放后上海的第一家大型现代化游乐园，锦江乐园于 1984 年国庆节试营业，1985 年 2 月 1 日正式运营到现在，见证和陪伴了几代人的成长。它占地面积 170 亩，共有 40 项游乐项目，适合各种年龄层次的游玩，每年接待游客 100 万人次左右。

那个巨大的摩天轮，有人把它形容为一只大眼睛，每天笃悠悠地转着，俯瞰着来去匆匆的人流和车水马龙的都市。

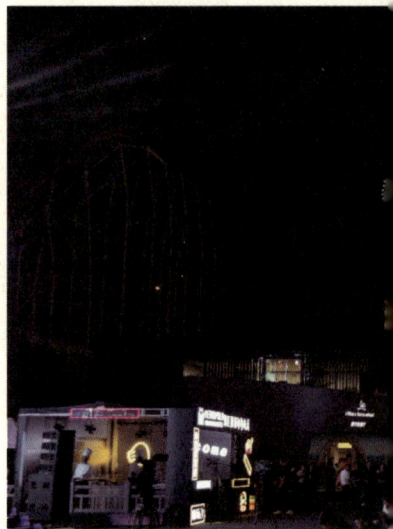

　　而那个巨大的摩天轮，则是中国首座巨型摩天轮，于 2002 年 5 月与上海市民正式见面。尽管这些年来，闵行经济发展迅速，许多更高大、更时尚的建筑在这片热土上拔地而起，但人们仍习惯性地将这座摩天轮视为闵行的地标。**有人把它形容为一只大眼睛，每天笃悠悠地转着，俯瞰着来去匆匆的人流和车水马龙的都市。**

　　20 世纪 80 年代初，当初的改革开放让人民生活水平不断提高，文化消费不断增加，文化需求不断增多，于是，兴建一座现代化的游乐园被市政府提上议事日程。

　　锦江乐园最初叫"康乐园"。当初的上海县和上海市政府机关事务管理局经过数次共同探讨和商议，拟合作建设该园，并经市政府批复同意。在乐园的选址上，考虑既靠近市区，又要交通便捷，经多次实地踏勘和进行方案比较，并征求供电、规划、交通等部门的意见后，最终选定在沪闵路与虹梅南路的交叉处。

　　初期锦江乐园设计为 18 个游乐项目，全部从日本引进，占地 150 亩。到了 1984 年 10 月 1 日国庆，乐园试运行期间，8 个游乐项目对外运营。游乐项目虽然不多，但却引起了空前的反响，市民们争先恐后来感受上海第一个大型现代化游乐场的欢乐。为适应老年、中年，

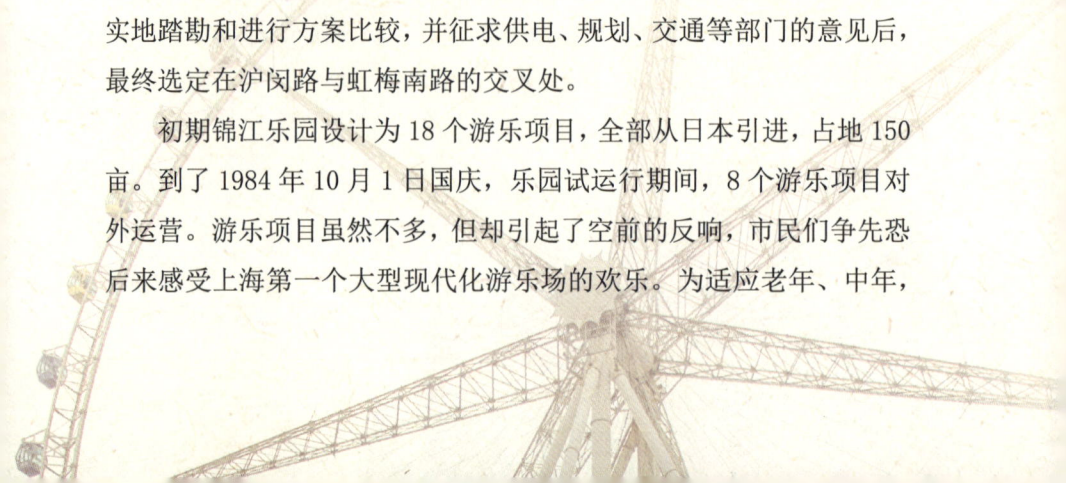

及青年各类游客的爱好和满足各界人士及外地来沪游客的不同需要，投资方又在较短的时间内对乐园进行了扩建，使其逐步发展为一个有特色的综合性大型游乐场。

　　锦江乐园的游乐项目在国内极其少见。因此，在开园后直到整个90年代里，它都称得上是全中国最著名的主题乐园之一。那时从全国各地来上海旅游的人们除了外滩、南京路必去外，这里也是主要的选择景点。开园初期，锦江乐园一张门票为5角钱，在80年代中期，尚属平民化，故而十分抢手，到了周末，更是一票难求，需要限量购买，像过山车这样定时开放的热门项目，往往要排队好几个小时。最鼎盛的一年，还要数1995年。那一年，地铁一号线（徐家汇到锦江乐园段）正式投入运营，锦江乐园的交通状况得到了很大改观，一时间游玩者蜂拥而来，园内游人如织，当年累计游园人数达到230万，比开园第一年的接待量还要翻了一番。这样的盛况，跟现在的上海迪士尼有得一比。

　　进入2000年，各种不同类型的主题公园如雨后春笋一般在国内涌现。就拿上海来说，在锦江乐园之后还建起了欢乐谷、热带风暴、星期八小镇、巧克力开心乐园等。2016年，上海迪士尼乐园落成开园更是掀起了更高的热浪。此外，上海周边也陆续推出了常州恐龙园、嬉戏谷、苏州乐园等一系列新型主题公园，室内主题公园也是屡见不鲜。此情此景，市民们自然是"喜闻乐见"的，但相比之下，年代久远、设施落后的锦江乐园面临着巨大压力。当然，闵行地理位置优越，交通网络发达，同时具有极强的文化包容性。借助于此得天独厚的条件，**作为一家老牌的游乐场，锦江乐园有底子、有经验，不甘愿成为一个过去式，始终在找寻自己的下一个春天。**

从 2000 年起，锦江乐园持续设施更新改动，加入了摩天轮、VR过山车等新设施，人们记忆最深的老一代过山车"退休"那天，许多人都哭了。同时，锦江乐园加快对外寻求合作改建，打造"游乐+"模式，组织了动漫主题游园会，并与当下火热的直播平台联合打造线下嘉年华活动，积极与国际接轨，向上海的定位靠拢，做城市的精致乐园。2020 年 9 月，锦江乐园联合闵行文旅部门，邀请长三角 10 余个城市集聚申城，倾力打造集吃、游、购、赏、品、娱等为一体的节庆品牌活动"江南吃货节"，让上海市民足不出"沪"，感受"醉"美江南。

冯敏说，只要那个大转盘还在，她还会继续拍下去，还会晒朋友圈。🅲

新号上

子欢

　　很难用中国古典园林的概念去看待闵行文化公园。游览过传统园林的人大致都有这样的体验：人会不自觉地跟随曲径和廊亭的引导，一路上可围池看鱼，可赏花枝当窗，可在亭中待月迎风，不知怎的，身在园中便心甘情愿地服从自然。而闵行文化公园因其庞大的面积，实难做到小而紧凑，因缺少亭台楼榭的阻隔，层次感也欠佳，但作为现代意义上的公园，它仍以其独特的"活"景，以及深厚的历史文化令人览之有物。

　　作为公园的特色花种，入口处大片白玉兰引人入胜，阳光下肌肤凝雪，玲珑剔透，红色玉兰花尚未开放，正似白居易笔下的"紫粉笔含尖火焰，红胭脂染小莲花"，游人由此渐入佳境。随后树木有远近，

色彩有深浅，地形有高低，景色有疏密，叫人芳香辟秽，目不暇给。公园因地制宜引入蒲汇塘河水，**园中之景皆因水而活，杨枝绿影下游船如织，皱得河水透明，船越行越远，我明知远处有边，却生出无边之意，**仿佛小船真要远行，河边柳枝别离之意更胜了几分，树上鸟鸣便又更悲伤了几分。其实大小、有限无限都是相对的，合理的构造使空间感和声感超出现实，小便是大，有限中便可生出无限的意境。相反，如果公园景色过于平淡空旷，那么再大也是小了。

中国传统审美中有"蕴藉"一词，意为"含蓄有余，蓄积深厚"，因此，闵行文化公园能一直吸引游客纷至沓来，还有一个重要原因，就是它丰富的文化内容。

号上村是闵行文化公园建设之前，在那片土地上扎根多年的古村落，虽然已拆迁快十年了，手机地图上仍然有它的标示，跟着导航大致可推断是紧靠吴中路的公园 2 号门区域。有学者提出"号"原写作"罍"，是一种古老的盛酒容器，这里被证实曾经出现很多制作"罍"的作坊，由此古村民的生活得以瞥见一角，此地百姓的酿酒习俗也有了来源。这是从考古角度上讲述号上村和闵行文化公园的情感维系，

对我而言，由号上村演变成今天的闵行文化公园，代表的是古村落的没落，是城市发展的普遍规律。

在找寻闵行文化公园资料的时候，无意间看到一篇关于号上村的回忆短文。作为一个异乡的孩子，作者跟随在此打工的父母，在村里街巷中度过了一个又一个寒暑假，十几年后的她仍然无法忘记那时的人、那时的事，曾经的日子从她的碎碎念中涌了出来，如溪流一般清澈绵柔。我的童年也是在闵行的各个老街区度过的，如今那些住过的老街几乎已经全部拆除，被公园和绿地取而代之。因为有着同样的经历，所以能体会那种失落，但城市在新陈代谢中总要以新的面貌为新一代人和新的需求服务，而那些看似陈芝麻烂谷子的事也始终被记录、被怀念，渐渐为这片土地铺设出一条清晰可见的发展轨迹。

城市的更迭是无法避免的，但人、土地和文化的关系从未间断，当我们被纷杂的娱乐生活包围，渐渐感到精神匮乏时，不如去逛公园吧，在花鸟缠绵中寻找关于美的意境，在遗址故地中寻求精神的领悟。

推门见绿尽 "偷闲"

许怡冉

　　在世事中久了，会不会向往着林中山里，和轻风馨香打个照面的生活？那么，可不可以在这摩登都市里辟出一片浓翠争艳，傲立城间？

于是漫步过浮尘俗世的喧嚣，穿行过拥挤的车流，映照过霓虹的闪烁，我终于在这熟悉的闵行土地上缓缓驻足，静静凝望那如竖琴般用庄重的银灰色覆盖的门楣。不是雕梁画栋，却有着现代的气息，当风的手指拨过这弦般的钢丝，会否奏出只应天上有的仙乐？

　　花坛喷泉的恬静，有蝶双双起舞蹁跹，轮滑者穿梭自由如织梭造出交错的布匹，一切那样和谐，映着与天相接的"竖琴"信步走去，从竹木质地的桥上踏过，听凭它"吱呀"作响。

　　第一站便是活动中心，今日是相约与友人来打羽毛球的，偌大的羽毛球馆一个词形容——专业。不管场地、器材，还是教练，都是专业配置，业余爱好者也可以在这里享受专业的待遇。打了一个小时左右，发了几身汗，久违的大运动之后的清爽让人身心愉悦。在娱乐中有竞技，在运动中有休闲，想着这离市区最近的体育公园，和朋友戏称"以后常来，把欠身体的健康补上"。

　　离开活动中心，在参天翠树排列的林荫路上读着或熟识或未知的树名标志，不留神拐进了大片莲池。颇似九曲桥和玲珑轩榭结合。倚着低栏，放眼望，近的是荷的阔叶与斗艳的花，远的是湖上波光点点，帆影隐现，红鲤和水狸倏忽而过，行踪不定。夏至，此地放眼不无繁花，凡于水上者皆莲也。**荷蔓得那么远，却怎么也看不厌，有时可以冥想"荷叶罗裙一色裁"的采莲女正匿在一朵花后娇媚回眸，花映女子，摇曳生姿**。身处此地，不难想象周敦颐为何独爱莲了。轩中，转头即见不可计数的素描者、赏花者、会心微笑者。就如眼前湖中的小岛，因为与岸边不通，所以可以为白鹭不受打扰地占领，白鹭立在石头、树枝上，俯瞰着湖水，时时刻刻都在准备捕食，一切都是自然闲适。

　　如有雅兴，不妨与友携手并乘扁舟一叶，看晴丝洒下波光粼粼，自由赏景，偶然划进一条死胡同，也莫名地相视笑了。寻觅一块有着斑驳纹路的巨石坐下，望着环湖的林荫上比比皆是的帐篷。初夏时节，逛这样公园的最佳方式好像就是搭起帐篷来，有吃有喝还有躺有卧，舒舒服服地在树荫里，刷着手机、看着书、听着音乐、沐浴着风景，享受着回归了大自然一般的幸福，度过假日时光。而这一切就都在寸土寸金的城市街道边、在街道边的公园里就有这样不可想象的去处。

　　天边的霞光迷幻了薄暮，嬉戏声轻柔掠过，风声勾勒出此地的神

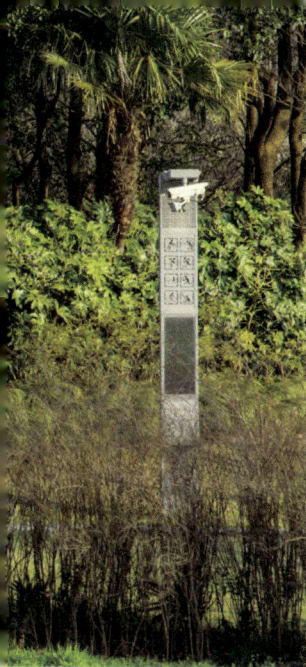

天边的霞光迷幻了薄暮，嬉戏声轻柔掠过，风声勾勒出此地的神秀，走进体育公园，是为在自然中让心宁静如水，感受人与自然的和谐。

秀，走进体育公园，是为在自然中让心宁静如水，感受人与自然的和谐。不攀花，不折草，踩石闻水声，嬉戏于花间，看世事渐远，浮华不再。自然是人的来处，更是人的归宿，即使是在这一方公园里小憩，也是一种和谐。

如果用心洗耳恭听，仙乐已从风的手指泻出，回荡在层叠的翠叶和繁锦的花瓣间，最后收进了耳廓，成为最美的声音，不知不觉中便进入了一种杳然的沉浸之中，万物一体的深远在这闹市中的园林里得以实现。走进体育公园，闵行地域上离自然之心最近的地方，应知它不似红尘喧嚣，没有霓虹闪烁，最朴实也最为美好，最有人气却也是最为融合。

望着无际的青翠，发现走进了它却走不尽它，只因那些一季季的繁茂，从来从来都不曾老去。 C🟥

《在闵行遇见春天》视频

迎着风，扑进童话里

曾平

　　小时候，总想象有一天能够进入童话世界里，在美丽梦幻的城堡中，穿上华服，手持魔法棒，与小伙伴们一起开启奇妙冒险之旅。寻觅良久，才惊觉，踏破铁鞋无觅处，原来闵行区浦江郊野公园的奇迹花园里就有这些。坐上地铁8号线，直达沈杜公路站，从2号出口走出大约十分钟，便来到了浦江郊野公园的1号大门，也就是闻名遐迩的奇迹花园的所在地。

　　与其说奇迹花园是个花园，倒不如说它是一座充满浪漫与梦幻色彩的童话乐园。瞬间仿佛坠入爱丽丝的梦境中，从1号门进园，童话里的城堡便呈现在眼前。在这里，它有个好听的名字，叫作

花精灵城堡，是这座花园最具标志性的建筑。整座城堡洋溢着欧美风情，立柱和旋转而上的扶梯表面用彩色马赛克碎片随意拼贴的装饰，美妙精细，宛如西班牙建筑师高迪的魔幻手法。在淡粉色的外墙各处镶嵌着五彩缤纷的鲜花。每个城堡的多边形角都垂挂着粉色大"绣球"，随风飘扬，这大抵也是这个城堡被唤作"花精灵"的缘由。让我们这些大大小小的游客们在此抛开所有烦恼，化身童话里的角色，放飞自我扑进童话世界，开启一场奇妙的旅行。

沿着城堡的两侧，有两座对称展开的"天空之桥"，站在花精灵城堡的最高处，可以俯瞰整个花园地毯。它由不同的花卉与雕塑构成，就像一位画家在这片区域里留下的随心所欲的画作，精心设计的不同色块花卉构成了大面积的几何图案，或圆形，或菱形，或心形，鲜艳的色彩在眼前融合、跳跃，最终变成了一幅色彩斑斓又蔚为壮观的宽阔花毯，似为花园绘制出一只正在开屏的孔雀。

微风带来花香，令人心旷神怡。**在这个世界里，家长与孩子并没有身份的差别，平日里威严的家长此刻也卸下所有包袱，化身成充满童真无邪的"大孩子"**，他们一起围着捞金鱼的游戏摊比谁捞得更多，在一旁不断响起的"咔嚓"快门声背后，自然是另一位陪同

面对着这片艺术与鲜花交织而成的童话乐园，迎着微风，"大小孩子们"毫无顾忌地扑进它怀中。

而来的家长，正在抓拍着孩子们脸颊上荡起的笑颜。

耳畔传来孩子们的嬉笑声，一群小家伙手持捕蝶网开心地追逐着彩蝶的身影，跟随着小小的网子一起收获喜悦之情。

面对着这片艺术与鲜花交织而成的童话乐园，迎着微风，"大小孩子们"毫无顾忌地扑进它怀中。**站在城堡上，园中美景尽收眼底，孩子们像一只只可爱的小精灵，在花园地毯上来回奔跑、嬉闹。**

穿过花毯，进入恐龙王国，伴随霸王龙的一声低吼，迎来了另一种全新的"冒险"，当发现是从音响里传出来的声音后，孩子们开心地抚摸这些恐龙，或钻进恐龙蛋里，或坐上恐龙高大的背上俯瞰世界，或仔细观察恐龙蛋……只要进入童话乐园，无穷乐趣等着你去挖掘。

繁花盛放，心情舒爽。在奇迹花园，抬头就能看见蓝天白云、低头就能细嗅草木芬芳，徜徉在花间细赏蝴蝶飞舞，享受生命最本真的童趣。🅢

可以阅读，可以欣赏

郑迪茜

在搜索引擎中输入"书店"，链接到的关键词多半是言几又、钟书阁、西西弗这些颇有名气的网红书店。伴着一杯咖啡、一本好书，再来上一张自拍，发朋友圈的照片就在这些"高颜值"的书店搞定了。

面对掌上阅读、网络购物的冲击，咖啡茶饮、文创产品、考究的装修风格和雅致的阅读氛围几乎已经成了开书店的"标配"，更有书店不走寻常路——把星空搬进了书店，"新华文创·光的空间"以别出心裁的高颜值设计吸引了大众的目光。在 2020 年闵行区十大网红打卡地的评选中，光的空间也称得上是其中的"顶流"。

新华文创·光的空间是日本建筑大师安藤忠雄设计的，它连接着明珠美术馆，通过多功能活动区相互贯通，形成了"书店＋美术馆"的审美空间。刚走进去的那一刻，还没感觉到有什么特别之处，可往里面多走几步，就别有洞天，另有一番趣味。**木色书架高低错落，构成了阅读的"丛林"，中间的方形镂空，让人把通往深处的层层书架尽收眼底，来自远方的光线和方格重复之美构造了一幅犹如幻境的场景**。置身其中，时间仿佛也慢了下来。

光的空间分为内场和外场，内场被称为"心厅"，因为整体造型像一个蛋，心厅还有一个昵称——"安藤蛋"，流线型的曲面，蜿蜒成一个整体，抬头仰望，便能看见星空穿顶洒下暖暖的光。静静地坐着休憩片刻，心灵便得到了治愈。

心厅里摆有几张独立的书桌，许多年轻人戴着耳机，沉浸在自己的世界里阅读、学习，这里的阅读区可算得上是书店里的热门位置。"平时这里会办很多活动，比如作家新书分享会、发布会，主题讲座还有交流沙龙，营造读者和作家、艺术家互动交流的氛围。"书店负责人一边带我游览心厅，一边给我介绍它的功能。看来心厅不只是"徒有其表"，更重要的是通过各种形式的活动让文化、高雅艺术融入市民的日常生活。

我去的那天虽是工作日，但店内的各个阅读区都能看到不少专注在书海里的读者，浓浓的阅读氛围也感染着我。我在书架上随手翻阅的时候，能看到书店里的荐书员在和读者交谈。作为实体书店，即使是没有阅读习惯的读者也能够通过这样的交流，找到适配度更高的书籍，感知书店渗透出的文化本质。这样的经验匹配，在潜移默化中引导读者形成深度阅读的好习惯，这是网上购书没有办法做到的。**"光的空间"里的员工不仅是服务者，更是阅读推广者，他们都是爱书、懂书之人**，对自己负责的书籍类别都有深入了解，因而被称为"荐书员"。

"之前遇到一个小姑娘在这边逛经济管理方面的书，她是楼下火锅店的店员，做了领班以后，想来这里找一本讲述如何与其他人打交道的书。我们不会给她推荐彼得·德鲁克这些作家写的专业性很强的书，而是会针对性地给她推荐《海底捞你学不会》这一类的书。"在和荐书员聊天的过程中，她和我分享了这么一个小故事。

可以欣赏，可以阅读，怪不得有那么多读者流连于此，一家令人心动的书店，不应该如此吗？ CS

艺术若在，爱则不远

白 芳

艺术若在，爱则不远。

莘庄地铁站的南口，这个铁轨、公交、人行道、车道等交通线路的会合地，地铁、行人、公交车，以及出租车总是忙忙碌碌地穿梭于此。就是在这样一个人流与车流相互穿插的地方，却感受不到汽车的轰鸣与人流的嘈杂，一首首悠扬的钢琴伴奏曲才是这个车站的主旋律。于音乐的伴奏下，贴在四根水泥柱上的电子屏幕里，一只灵动的大手随音乐舞动，正在创作一幅色彩绚丽的湿拓画。

这里就是 TODTIME 时间廊，一个将通俗与高雅合二为一的奇妙地界。说 TODTIME 时间廊"通俗"，是因为它不过就是一个公交车站；说 TODTIME 时间廊"高雅"，是因为它是一个名副其实的文化艺术展厅，为过往的公众奉上一道精心准备的艺术飨宴。

TODTIME 时间廊是由闵行区文旅局与 TODTOWN 天荟共同打造的，旨在将艺术的美与力量分享给每一个人，用新媒体技术让艺术变得更加生动，让艺术不再局限于平面的传播，让艺术的力量和舞动的旋律一起感染每一个驻足停留的眼睛。

TODTIME 时间廊除了会定期通过电子屏幕传播不同主题艺术作品外，每隔一段时间还会有艺术家在此演出，为路过此地的行人带来视听盛宴。在艺术的点缀下，一方小小的公共交通流转站仿佛也充满着浓浓的爱意。在这样一个具有艺术气息的车站，在地铁拐角处买一束

鲜花献给来此赴约的恋人，与他探讨电子屏幕上展出的艺术作品，绝对是情侣在周末相会时最完美的序幕。

我伫立于电子屏幕前，欣赏着里面随音乐舞动的画卷，仿佛置身于一场专题艺术展，但谁能想到，这只是一个站台，而我只是一个地铁中转的路人罢了。一时兴起，与一位姑娘合买了几束鲜花。挑花的过程中，我有幸知晓了她买花的目的，以及她和她男朋友的爱情故事。

姑娘现在在老闵行的交通大学读书，而男友则远在东北的哈工大念书，假期短暂的相见是这段恋情的常态。"这个车站见证了我和男友 3 年的异地恋时光，每次我们相见我都会带两束花，算是生活中的小浪漫吧"，对于这对情侣来说，这里既是一个相聚的车站，也是一个离别的车站。姑娘说，只要男友从浦东机场过来或离开，她大多都会来这个车站接送，他们短暂的相处时光伴着车站的旋律开始，也伴着车站的旋律而落幕。

TODTIME 时间廊的艺术展还在继续，它将会用不同的艺术见证更多的故事，用最美好的音乐和画面作为这些故事最浪漫的句号。CS

梦花源，让暗恋不只是个秘密

曾平

　　古有东晋陶渊明笔下的芳草鲜美、落英缤纷、安宁和乐、自由平等生活的桃花源，今有远离闹市，处于安静的村落中，仿若置身世外桃源的"上房园艺·梦花源"。于乡间马路找寻这处胜地，惊见路旁长势喜人的蔬菜，绿油油一片，瞬间让人的心情也跟着灿烂起来。

　　因为高温天气，前来参观的人不多，倒也乐得能细细游览品其独特之美。它不同于一般的公园，一步一景，在不同的板块有着各式风格迥异的异国风情园区，美轮美奂，令人目不暇接。这一方为西班牙风情园，色彩斑斓的马赛克墙面伴随着流动的曲线设计，营造了一处极具艺术气息的休闲空间，其设计灵感源自西班牙建筑师安东尼奥·高迪。那一方为高度还原的鸟居，会让人误以为在京都，其实这是园中开辟出的日式庭院，难得一隅干净和舒适，庭院中垂挂着蕨类植物

赏荷，采莲……这一花一叶间，映见的是一种淡然的心性世界。

的木质花架，清风带来些许凉意，也使风铃相互碰触，带来"叮当叮当"的清脆之音。调皮的小女孩玩闹过后，跑到贴满小方砖的水池，踮起脚尖，打开水龙头，双手接起一捧水，洗把脸，好不凉爽。这一场景更能勾起很多人的青春记忆。

接近中午，再走几步，便觉周身滚烫，烈阳太过炙热，此时万念俱热，一树一树的蝉鸣，刺耳得如同金属碰撞着溅起火花。**绣球、杜鹃、栀子、白玉簪日渐憔悴，而荷花，依然是倾城倾国好颜色。**在这里，想起余光中所说的："一整个出神的夏天，被一朵清艳的莲影所祟，欲挣无力。莲为白迷，莲为红迷，我为莲迷。在古韵悠悠的清芬里，我是一只低徊的蜻蜓。"赏荷，采莲……这一花一叶间，映见的是一种淡然的心性世界。

有鲜花的地方必然有浪漫相伴。以入口处白色木墙上的题目"＋=❤"开启唯美与罗曼蒂克篇章，在那空白的地方印下她和他相加的身影，答案为红色爱心，等着相恋的人儿前去打卡拍照。从相遇、相识、相知、相爱、相许、相守到相伴一生，感情是慢慢发展的，在园区里的旅行路线同样也是这样，暗恋堡垒里摆满了暗恋者卑微的内心告白，诸如"我只能远远地望着你，在这个刻意嬉笑的年代，暗恋只

是个秘密"。这些情愫暗生的年轻人来到这儿，如若大胆表白，得到"我愿意"的答复，与子携手，轻拂枝繁叶茂、姿态优美的红花檵木，走过红曲桥，在铁线莲花园中，或相拥于展翅的蝴蝶间，或落座于铁艺的情侣剪影中……**一切美好的意境这里都有，再共同推开栅栏，许下诺言，那将会是一场不在乎过往，只求未来的日子中有你有我的奇妙之旅。**

如果说，浪漫只是梦花源的主题之一，那实用和有趣就是它的其他主题。说一个公园实用可能会让人觉得不可思议。授人以鱼，不如授人以渔，欣赏美，不如自己创造美。梦花源在教授园艺的路上，将"变废为宝"做到了极致。红色墙上张贴着详细的家庭园艺步骤，例如，将不用的灯泡、雨鞋几经操作，变成彩色的园艺，供养着富有生机的绿色植物。偶然遇见一个大木圆钟，钟的数字点位用螺丝刀、园艺剪刀和钳子等做成，嘀嗒嘀嗒间，尽显实用和有趣。钟的旁边悬挂着一个不一样的风铃，由不锈钢长柄餐具——小勺子、叉子、大汤勺等组成。而且，同其他植物公园一样，它也有蔬菜园与家禽家畜园，不同的是，蔬菜可以现摘，由厨师现场加工成一道道美味佳肴。

寻觅到紫藤长廊下的长椅，在绿色枝叶下小憩片刻。忽觉青瓦路缘、园路汀步、卵石挡墙等，一步一景，每个角落都有不同风格的美景，可以尽情地释放自我。⬛

泥土中的柔情

尤佳诚

  观陶艺术馆，在泥土里藏着你意想不到的柔情！

  占地 7000 平方米的观陶，每一平方米都是精品，联合了 100 位国家级陶瓷艺术大家，是上海专注国家级陶瓷艺术家的艺术馆，距离市中心不远，有一种隐士之风且不被外人打扰！

  不同于外面千篇一律的人挤人，这里的人不多，由于采取预约制的方式，控制了人数。这也是馆内秉持的初心，能让前来参观的人有更多的参与感和体验感。

  观陶更多的是传承和推广。它具有作品展陈、学术研究、教育推广、文化交流、艺术品投资交易、公共服务六大功能。

  一进正门，一眼便能看见一口大缸，上面雕刻的是《富春山居图》，原来还是一口

获得了吉尼斯世界纪录的缸，顿时期待值满满！

　　乘自动扶梯来到二楼，整个展览馆分为 A、B、C 三个区，A 区为作品展示区，在这里可以看到一面呈现中国陶瓷发展史的文化墙和 100 位国家级陶瓷大师的经典作品，瓷画、瓷瓶、瓷盘……一件件由大师们精心创作的艺术品与你面对面，是一个适合欣赏学习陶瓷艺术的地方。

　　其中一件名为《松下问童子》的瓷雕作品吸引了我的目光，使我久久伫立，细腻的笔触层次分明，生动地表现了"只在此山中，云深不知处"的隐士形象，也正如这观陶一般大隐于市，来欣赏它趣味的人不多。

　　B 区为作品观赏和交易双重功能的区域，这里的作品全部为艺术家经典之作，并且经过了专业陶瓷收藏家的层层把关，保证作品的高品质。欣赏到以"真品、甄品、珍品"为宗旨的大师作品，真品即艺术家本人直接或委托观陶与投资者交易，甄品即观陶已经对艺术家和作品进行了仔细的甄选，珍品即凡是在观陶展出的作品每一件都弥足珍贵。

  C区为观众休息区，窗边的中式茶歇区也是喜人之地，可以坐这里喝茶，看看窗外的景色，慢慢欣赏陶瓷艺术的美。

  这是一家集陶瓷艺品、展览和陶艺学堂为一体的艺术基地。观陶专门设立了陶艺体验区，以趣味实践教学的方式来推广陶瓷工艺，在这里，陶艺老师全程讲解，零基础也可以轻松上手体验拉坯、捂泥、匀泥、开孔，发挥每个小朋友的想象力和创造力，给每一个陶艺制品赋予了新的美感和意义，创造独属于体验者的陶艺之旅，从几块陶泥，到最终的手工艺术品，带来满满的成就感，毕竟亲手制作的艺术品最是意义非凡。

  捏完成型之后，要自然晾干几天，等到干透就可以送去烧制，如果想要上色，做成更迷人的样子，观陶也可以提供陶瓷彩绘，手上的画笔尽情地挥舞，在既有的器皿上绘制各种各样的图案。

  千篇一律的游乐场玩不出新鲜花样，来观陶追寻新鲜有趣的体验，开启一场视觉和心灵的盛宴，收获一场独一无二手作的喜悦。🅢

寻梦到徽州

钟 合

　　"青砖小瓦马头墙，回廊挂落花格窗"，即便是不懂建筑的人，也会被鳞次栉比的徽派建筑所折服。若以大自然为纸，徽派建筑便是那最美的画，冰清玉洁的白墙映衬着一颗颗善良质朴的心，诉说着平平淡淡的往事。

　　在闵行有一座呈现徽派文化精华的气派宅院，那就是上海市民"休闲好去处"之一和闵行"微旅游空间"之一的——上海徽府。

距虹桥机场一公里的地方，那起起落落的马头墙，山头斜阳映衬的炊烟，沉睡在悠长历史中的祠堂，阳光悉数跌落的天井，藏着闺中少女一汪心事的走马楼……如此墨色丹青，浮光尘世，让人仿佛置身徽州故里。作为一张徽文化名片，上海徽府是徽派文化与海派文化融合而成的文化交流体验基地。

上海徽府的创始人郑宏祝一直有传承家乡徽派文化的愿望，在当时，**上海徽府还没有堆砌起一砖一瓦，但它雄伟大气的轮廓，已经在郑宏祝心里树立了起来**。为了让徽府拥有真正的徽派气息，无数次的徽州之行与徽派文化精髓的滋养，郑宏祝终于觅得一处历史悠久的古民居迁来徽府，先把古民居拆分，并给每一块砖木做好标记，再运到闵行原样组装起来。为设计上海徽府，先后更换了数十位设计师，不断修改图纸，最终设计出了上海徽府的平面图。郑宏祝亲自监督工程的实施，上海徽府的诞生，如舟行水面，顺理成章。

整个民居由木结构组成，因为历史久远，每块木头都留下了刀砍

斧凿的痕迹，充满了活力。那些古老的人和事从未真的消散，相反，真实得一伸手即可触摸到那种温润的热度。

站于此方天井，抬头一望，是四四方方一块天空，瓦蓝瓦蓝的底色，偶有白絮般的云朵飘过，心也随着这方幽深静谧的宅院平静下来，穿越时空，聆听四百年前的徽府的故事。

砖石砌出来的房子，终究是有"火气"的。为了给房子"去火"，郑宏祝在建筑用材及庭院布置上，不断添加进去真正的"老物件"。在徽府内的安徽民俗博物馆里，看到的便是他历经近十年追逐之路，从徽州民间搜集来的石础、隔扇、石磨、摇床、水车、雕花的床架、新安江青石，好比春燕衔泥，他将心血全都揉进了这幢奇伟的建筑里。

"两根竹棍表尽喜怒哀乐，一双巧手调动千军万马。"是上海徽府皮影艺术的真实写照。

不用奔波数百里去黄山歙县，在闵行就能欣赏到原汁原味、古色古香的徽派建筑，近距离了解徽派文化，真是一大幸事。🅒🅢

暗香浮动，花下人自醉

子 欢

　　1月底，莘庄公园的梅花还未完全开放，朋友圈里铺天盖地的梅枝却似要争先恐后地冲出屏幕。我也是"眼馋"，赏梅的心情愈发急迫，一有空闲便直接"奔"向莘庄公园。

　　早晨9点半左右，刚入园，迎面已有三五成群的大爷提着鸟笼，刚遛过弯准备出园，后面跟着一群大妈闲聊着，欢快至极。入得园中没走几步，便看见梅林上空漫天的泡泡在阳光下飞舞，小孩子踩着滑板车一路追行，狗狗也不甘示弱，紧随着孩子一路狂奔。林旁的空地上，一位武术教练顺手挑起一旁的宝剑，在一连串柔软翩然的动作之后刚劲出击，宝剑直指枝上梅花，顿生超然凛冽之气，那句被人们广泛传颂的警句也不自觉地冒了出来——宝剑锋从磨砺出，梅花香自苦寒来。长亭中，演唱和伴奏的声音此起彼伏，演奏的虽不是《梅花三弄》，但曲调中的轻灵和孤傲与梅花相得益彰，声音如白雪落地，扑簌簌的，是以音乐填补了视觉的空白。

　　还未赏梅，便已被梅的热烈氛围包裹着，只觉得公园处处是梅之景、梅之韵，园中游人更如洗墨池水一般荡漾不止。忽而想到九十多年前，松江泗泾镇人杨昌言在此植树建园，取名"莘野梅园"，当时

的规模虽不及现在如此庞大，梅花种类也不及现在的繁杂，但可以日日与梅作伴，独享梅景，却是怎样的福分。北宋诗人林逋呢？隐居西湖，结庐孤山，终生不仕不娶，自谓"以梅为妻"，写下"疏影横斜水清浅，暗香浮动月黄昏"千古咏梅绝唱的他又有着怎样的心境。他们可否算得上"痴梅人"？

　　从最初的莘野梅园发展至今，公园建设的落脚点从未离开过"梅"，如今园内不乏百年古树、石碑等，但一提到莘庄公园，不得不说的还是园中的梅花，品类繁多，每年灿烂盈枝之时，生香不断，一年一度的梅花展更是让莘庄公园成为上海知名赏梅胜地。我去的时候，梅花基本上还只是花骨朵的状态，只有黄色和玫红已经争先开放，但也并非全盛，一枝总有半枝未开，不似一旁的矮株山茶花风华盈然。其实，**懂梅的人心中自是欢喜，梅花的独特韵味就在那一枝半朵，半开的花瓣包裹花蕊，黄蕊半隐半现，偷得一丝春风，更有静雅娇嗔之态**，这才有了赵长卿笔下的"梅蕊妆宫额"，脂粉和香囊都显多余，只凭着梅花之韵便可争个红颜常在。

　　今时，赏梅人仍旧争个花蕊一现，尽管还没有进入最佳赏梅期，

园中已是人满为患。"长枪短炮"自然也是人手一个，比起写梅、画梅，拍梅成了最简单的赏梅方式，但真正想要拍好一枝梅花，确实要煞费苦心了。有人用砖垫脚，有人半蹲仰视，进阶版的当数自带背景布、肩上背着两三个镜头的，更有发烧友特意坐了两个小时的车，从普陀区赶来，想要留下梅花初开的样子。"你方拍罢我登场"，花在枝头立，花下人自醉，或许，比花更好看的是那些镜中看花的人。

王维曾作诗："君自故乡来，应知故乡事。来日绮窗前，寒梅著花未？"虽然对很多人来说，故乡并不意味着梅花，可能是家门口红柿子、园子里的葡萄、村口的大榕树，但梅开依然是春回大地的象征，春要到了，就该过年了。 🅲🆂

红园，角角落落都是故事

子 欢

　　宾川路的一天是从红园的第一声鸟鸣开始的。清晨五点多，天空还是一片深蓝，红园北门宾川路上的早餐店已经热气升腾，昏黄的灯光为它镶了金边，这条空旷、无限延伸的街道上，食物的温暖便有了界限。两三人悠然自在地喝了碗豆花，再进红园开始饭后散步，而更多的人是在红园晨练之后，微微出些汗，打开了胃口，再顺道买好早餐带回家。

　　红园曾被称为"小公园"，有人解释这是因为它面积不大，可我觉得大不大倒是其次，这4.08万平方米的绿野丛林，包揽一汪湖水、亭台廊桥和各种健身器材，其中的自然野趣和人物和谐让逛公园这件事着实充满了惊喜和浪漫。站着的、躺着的、坐着的、走路的、跑步的、交谈的、看书的、遛狗的、带娃的、晒太阳的、打羽毛球的……"小

红园的故事总是与记忆有关，春去秋来，红园内花开花落，红园外世事变迁，但红园带来的那种最简单的快乐从未改变。

公园"仿佛一个大剧院，角角落落都是舞台，也盛满了故事。

　　遛鸟的陈大爷每天六点半准时出现在园内湖边，三只画眉被罩上黑布，各自挂在树杈上。等同好者一来，黑布掀开，画眉之间叽叽喳喳叫个不停，大爷称之为"动物交流"。已经70岁的陈大爷，说起前一阵子去爬山，"眼看着山头就在前方，可就是没了力气"，全程一副"岁月不饶人"的姿态，"现在就只能养养鸟咯"。回过头来还得说这鸟。陈大爷没什么爱好，不唱歌不跳舞，不打麻将不下棋，就爱鸟。对他来说，遛鸟是每天必做的事，遛了几十年的红园已然成为他的精神家园。

　　湖里有游船，是孩子和大人最喜欢的游乐设施，平日里没什么人，可一到周末，游船都得排着队来。夹杂着船上的欢声笑语，童年的记忆被连根拔起，是关于两元的公园门票，是关于不上船就赖着不走的任性，是关于合唱时的音量比试。如今红园不收费，游船也让快乐加倍，每一只船可供二至四人乘坐，一踏一踩都有着实在的满足感，一家几代人在每一分每一秒中共同享受着休闲时光。比起海上花费几百元体验10分钟摩托艇的速度与激情，游船的这种长久的快乐是"岁月静好"最朴实的注脚。

　　红园植物众多，有三十多种五千余株，它们是猫咪眯着眼打着盹的庇护之地，也是健身者的休息之所，当然它们最重要的属性还是自然景观。这其中最让我觉得有意思的是一片圆形杉树林，圆内和圆周错落有致地种着大小高矮差不多的杉树。当你坐在任何一张椅

子上看向对面，总有杉树阻隔部分视线，导致无法看到对面椅子上的全部场景。这让我莫名有种在公共空间里"看人"与"被看"的奇妙体验，或许是偶然，这种设计中隐秘和开放的巧妙心思，是对人观望天性和心理上的一种考察。去公园坐坐，这看似无意义的事也因此变得难以捉摸、意味深长。

红园最早是作为上海汽轮机厂的幼儿园而诞生的，始建于1956年。1960年，根据建设卫星城镇的规划，园区和毗邻的学校及农田共76亩被辟建为公园，初名"小公园"，1962年5月因园内大量红叶带来的夺目秋景改名"红园"。1972年后，公园曾多次进行局部改建，总体格局未变。

提起红园，作为一个地地道道的老闵行人，家里亲戚总有说不完的话。**在他的印象中，红园不仅是一个可以漫步休闲的地方，更是一个新潮时尚的代名词**。当时名列上海十大剧院之一的闵行剧院，刘少奇、宋庆龄、郭沫若等都住过的闵行饭店，国营闵行第一百货商店都在红园附近。还有充满小资情调的咖啡馆和年轻动感的迪斯科舞厅，更有各种商铺林立的百步街，广州最前卫的牛仔裤、小女生最喜欢的饰品服装、翻盖手机等等，你所能想到的八九十年代的新兴事物都能在那里看到。

红园的故事总是与记忆有关，春去秋来，红园内花开花落，红园外世事变迁，但红园带来的那种最简单的快乐从未改变。 CS

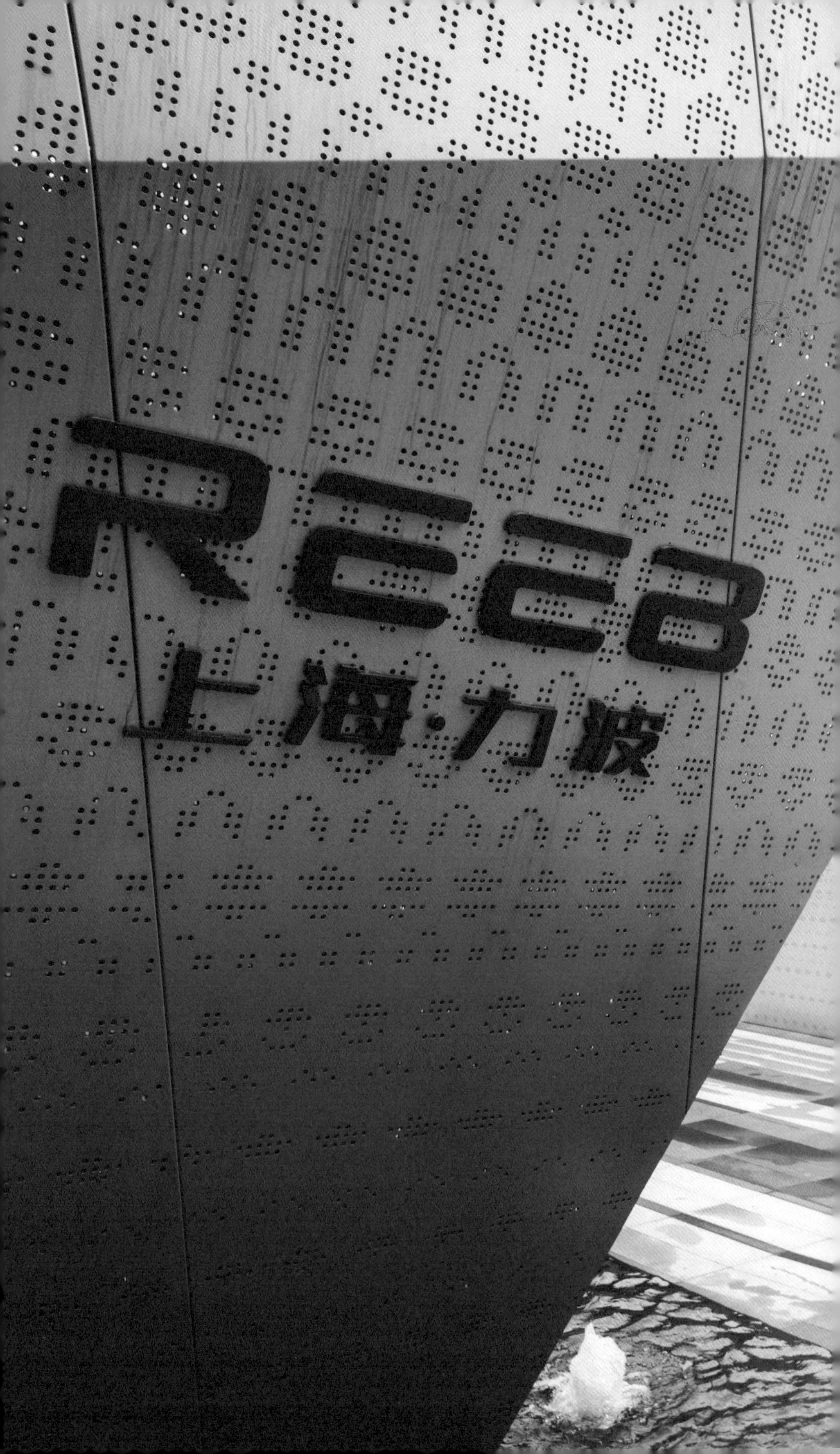

上海·力波

因为一首歌，恋上一座城

小 满

上海是我长大成人的所在，
带着我所有的情怀。
第一次干杯，头一回恋爱。
在永远的纯真年代，
追过港台同胞，迷上过老外。
自己当明星感觉也不坏，
成功的滋味，自己最明白，
旧的不去，新的不来。
．．．．．．．．．．．．

2001 年，一首以上海为背景的广告歌曲《喜欢上海的理由》，因其旋律清新畅快，歌词朗朗上口富有朝气，在很长一段时间内被人们口口相传并风靡这座城市。

岁月静变，然而这首歌，以及它所承载的私人情感与城市记忆，历经 10 多年，却不被时光改变。

如若没有最后一句"我在上海，力波也在"，人们是无论如何不会把它同广告扯上关系的。

一杯啤酒，让人更加走近上海；一首歌曲，也让人恋上这座城市。

这杯啤酒，叫作力波。作为当时上海极少数的本土生产的啤酒品

牌，力波啤酒自 1987 年 8 月 7 日，在闵行梅陇的生产基地生产出第
1 瓶酒。凭借其独特的酿造工艺，一上市便成为上海啤酒市场的领导
品牌，拥有"啤酒只喝力波"的良好口碑，并且获得过布鲁塞尔啤酒
节的金奖。在此后的 30 年，力波共生产了 15 亿瓶啤酒，这是什么样
的概念？打个比方吧，如果把这些啤酒瓶头瓶尾相连，可沿赤道绕地
球近 8 圈。在上海人的生活中，夏天吃小龙虾、毛豆、鸭头颈，力波
无疑成为标配，可以说是融进生活里的味道。

这期间，**伴着力波而生的就是这首《喜欢上海的理由》，它不
仅宣传了一个啤酒的品牌，更是代表了上海的记忆**。风过岁月，根
深蒂固地印在了上海人的脑海里。

每座城市每个年代都有一首特别的歌，珍藏着我们抹不掉的记忆。

赵雷的一首《成都》，将成都慢悠悠又极具人情味和生活气息的
感觉表现得淋漓尽致。一时间，宽窄巷子里很多店家都在播放着这首
歌。它成为都市酒吧里的主打曲目，风靡全国。其实，这样的歌曲很
多，比如刀郎写乌鲁木齐的《2002 年的第一场雪》、汪峰的《北京北

每座城市每个年代都有一首
特别的歌，珍藏着我们抹不
掉的记忆。

京》、郝云的《去大理》、李志的《关于郑州的记忆》等等。

一座城，一个故事，一段记忆……这样的歌，融合着内心情感和城市情感，其实是写给每个人的。

而力波就是上海人的一个故事，上海城市的一段记忆。

2016年底，拥有12.5万平方米厂区面积的力波啤酒厂，在环保理念日趋强化的时代背景下，酿酒带来的工业排放物成为企业发展的巨大瓶颈，于是宣布正式停产。忙碌的生产线沉寂下来了，高耸的烟囱不再吐出浓烟，曾经伴随着一代上海人成长起来的力波啤酒就此退出历史舞台。

这让很多人都有些失落。那句"我在上海，力波也在"的歌词似乎将成为绝唱。2018年的年底，在梅陇镇力波啤酒厂大本营，一个新的城市更新项目——力波中心开建。整个项目总建筑面积约30万平方米，分为东、西两个地块。东地块打造为集花园式独栋总部、高层标准办公楼宇、商业街区、租赁式住宅、公园绿地等设施为一体的综合体；西地块原为20世纪80年代力波啤酒老厂房，改造成为包含

力波啤酒博物馆、体验中心在内的 AI 人工智能加创新中心的文化创意产业园。这里保留了原老厂房 60 米高的大烟囱及 40 米高的麦芽仓等 6 栋具有 80 年代浓郁海派工业风的建筑。尤其是大烟囱以当代艺术化的形式处理，形成具有工业代表的 IP（知识产权），独树一帜的精神地标。

老地方，新味道。2021 年 5 月 4 日，力波 1987 精酿首发启幕，由原啤酒厂锅炉改造的餐厅，整体设计采用工业复古风，最大限度保留原有风貌并兼顾用餐舒适度和观赏性。大片裸露的红墙和水泥立柱，新安装的精酿输酒管和老式工业管道交错，意味着"力波"两个字以另一种方式延续下去，为这座城市带来一抹怀旧的新鲜。

这倒是再好不过了。我们可以继续唱——

上海让我越看越爱，
好日子，好时代，
我在上海，力波也在。CS

日出兰香湖

马茜淼

我看过从草原上诞生的太阳，也看过从山峦中缓慢升起的日光，唯独没有目睹过从海平面冉冉升起的朝日。前往正儿八经的海边路途遥远，我便经过朋友推荐，选择了离居住地不远的兰香湖去看日出。

兰香湖距离我的住所大概 4 公里左右，为了看一个完整的日出，不到 4 点我们便出发了。为了找到最好的观景位置，我在现场做起了攻略。

兰香湖整体呈现"钥匙"的形状，和闵行地图很像，这对于我一个工作围绕着闵行地图展开的人有莫名的熟悉感。心里在想：闵行虽然有点老，但上海该有的特色它都有，海边的日出、美味的食物、随处可见的繁华。看完攻略的我，最后决定在兰香湖公园的步道上等待日出。

　　兰香湖很宽阔，周围没有什么遮挡，微风卷着潮湿的空气，湖边规律摇晃着的树叶都给这一时间的湖面增添了一些神秘感。面朝东方是浦江第一湾，据史料记载是由闵行人叶宗行提出的治水方案"江浦合流"所形成的巨大弯道，不光成功将水患根治，也留下了巨大的宝贵财富。兰香湖所在的紫竹高新技术园区内有好多的互联网公司，透过车窗我隐约看到了微软的标识，想到了手机上说的夜晚灯火通明，加班加到深夜的程序员。**不知道他们在劳累过后会不会从高楼上俯视这片湖泊，看太阳升到和他们一样的高度，转头继续去为自己的梦想努力。**

　　望着平静的湖面，我的心情也安静了下来。偌大的兰香湖中央停放着不知道谁家的游艇，忽明忽暗的警示灯像是对于日出的倒计时，也在提醒着我新一天即将到来。

　　远处缓缓出现了一个小圆点，它周围的湖面从黑色变成了金色，这片颜色以东方为中心不断向外扩散，伴随着波浪的起伏，像是一把

刷子轻缓地为兰香湖上色。逐渐上升的日光，光晕扩散更为明显，我肉眼已经无法直视这颗夺目的太阳。低下头，以湖面为载体，观察越来越远的日出。

不久，日出结束了，整个兰香湖在阳光的折射下像盖上了金箔，绚丽至极。这时候的微风携带的并不只有潮湿的味道，还携带着一丝热度，让人们得知太阳已经出来了，新的一天开始了。

在日光的帮助下，我才得以看清兰香湖的全貌。望不到边的人工湖，我也是第一次见。身边零零散散晨跑的人，不远处断断续续的鸡鸣，不断从我眼前飞过的蜻蜓……一切都像是"苏醒"了一般，和夜晚是两种不同的状态。顺着兰香湖公园的绿道漫步，看着露水从树梢滴落，我不禁想到，海上的日出会不会也是这样，平静而又惊艳。

漫步离开兰香湖公园，我觉得我应该给这次的日出之旅留下一些更为独特的东西，我与朋友就着阳光吃着烧饼，像是把新一天的能量吞入腹中。充满力量，新的一天开始了。CS

有诗未必是远方

姚 尧

　　每天的上班途中，从地铁五号线颛桥路站下车后，到单位还有一公里左右，恰是一个十分适合散步的距离。也恰是在这段距离内，在五号线高架下方这个相对并不起眼之处，静静地躺着一片绿色的世界，这里就是闵行绿道颛桥段的所在。

　　清晨时分，途经绿道的往往是匆匆前行的上班族，有时也有三三两两的老人，聚在这里打太极拳、练空竹、听收音机等。午休时，这里反倒更为热闹些，在地铁高架阴影的遮蔽下，即使在沉闷的夏日，这里也比周边的酷暑清凉那么几分，周边居民时常过来散散步、消消食。办公室里坐久了，思绪繁杂、头晕脑涨的时候，也不妨出门来这里走走逛逛，清新的空气和满眼的绿色能让人神清气爽，重新焕发活力。

　　步道的两旁，密集种植着高大的乔木，树干嶙峋，枝丫横亘，绿意处处映入眼帘；四周的灌木也修剪得当，显得井然有序；还有地面分布着错落交叠的小草，自然而生态，没有人工的雕琢。其中道路的设计也并非简单的一条直路，时常会遇上岔路或者拐弯，每每移步换景，就能遭遇一处新的景色，给人仿佛柳暗花明的豁然开朗感。此外，绿道中还设置有专用于骑行的自行车道，通过白色的车道分界线将步道和骑行道分隔开，让骑行的爱好者也能一享在绿荫间穿行的舒适感受。

　　在沪闵路和老沪闵路的交界地带，有一条钢架构建的绿廊，高度

在绿意最浓的夏天，漫步于此，看着斑驳的阳光透过绿叶洒下，仿佛是一座美轮美奂的仙境。

四五米。钢架的底部种植着紫藤，待紫藤慢慢成长，从幼苗到成熟，长出枝蔓，渐渐地爬上支架，最终就布满了整个长廊。在绿意最浓的夏天，漫步于此，看着斑驳的阳光透过绿叶洒下，仿佛是一座美轮美奂的仙境。

除了紫藤长廊，在不远处的银桥花园小区，还有一处"雨水花园"。一百多米的"旱溪"蜿蜒在草丛中。这是设计师根据"海绵城市"的理念规划的一处雨水净化装置。雨水在这里的河道中滞留、沉淀后汇入雨水管道，水生植物则负责将雨水中的脏东西吸附走，最终起到净化水质的作用。

沿着绿道一路前行，进可继续拥入绿色的怀抱，退可随时回到周边的居民区或地铁站，毕竟，**这条长长的绿道前后有 15 公里，沿途连通着地铁五号线的 6 个站点，想一个人从一端漫步到另一端可没有那么简单。**

绿道是都市里的绿色氧吧，这片敞开空间连接着周边的公园、自然保护区、风景名胜、历史古迹和城乡居住区，把孤岛化、碎片化的生态空间连成一体，构建成为集生态性、景观性、系统性于一体的闵行绿道系统。

有诗的地方未必是远方。在闵行的各个街镇，建设完成各处绿道林地总长度已经超过 200 公里，市民不必远行就可以在家附近领略这番"人间芳菲""接天莲叶""无边落木""梅雪争春"的四季景象，在游玩、娱乐、健身的同时，感受都市绿色氧吧的清新与活力。CS

落叶成毯不识路

尤佳诚

　　等到空气里的桂花浓香渐渐散尽，秋天的浓艳色彩便开始逐步上线。"数树深红出浅黄"，又是一年落叶季，保持不扫落叶习惯的"落叶景观道路"莘凌路此时变得特受欢迎。

　　缤纷的色彩将闵行装点一新，翩翩落叶随风飘落，更是令人驻足流连。莘凌路道路两边的银杏，枯黄浅黄浅碧浓绿……色彩斑斓似画，大自然打翻的调色盘正好洒在这里，随手一拍你就可以得到一个金色的童话世界。

　　落叶成毯的惊艳是来闵行以后一次乘公交偶然发觉的，尤其是那些弯卷泛黄的叶子从枝头坠落，洒满混凝土的路面时，深秋的乐趣可

就到了！风儿不时吹来，宽宽的叶片翩翩起舞，飘到另一处与同伴相会。路过的行人脚踩着干燥的梧桐叶，一片细腻的沙沙声在耳边回响，此时骑上一辆单车，慢悠悠、笃定定地穿越"落叶"路，把美景尽收眼底，妙得心旷神怡。

金秋往常应该在此清扫落叶的保洁人员已经不再忙碌，只拾去片片败叶，这一"精细"的操作，也使得落叶景观更加"纯粹"。

家住附近的居民走过路过就拿出手机，随手拍下这道美丽的秋景。"我每天在这里锻炼，所以走到这里看到这么漂亮就拍两张留作纪念，看着心情都舒畅。"除了走过路过，还有专门过来摄影采风的。年过七旬的老伯也开着电动车风尘仆仆地前来，拿起专业的单反相机，打算拍好大片立马分享。

树上的叶片青中带黄，在风里摇摇欲坠，地上的落叶金里透红，在街旁熠熠生辉。马路上偶尔有汽车经过，卷起一阵风，黄色大毯子

"醉"美落叶季，你只需准备一双鞋、一部相机、一辆单车，就能感知被落叶包裹的闵行，那种清幽高雅，与上海老底子里的记忆不谋而合。

便翻滚起来，化成朵朵"波浪"。

　　饭后约上三五好友，在阳光斑驳照射的落叶一条街散散步、消消食，听着耳边传来的充满着生活味道的店家吆喝声，在闲散的下午，就着习习凉风，空中满是慵懒的咖啡香味，真个是大有"偷得浮生半日闲"的意境。**金黄色的落叶与暂未消散的绿色相映成趣，曲径通幽的大小马路汇成了一条又一条记忆的河流，落叶的季节，这里显得更加清幽静美。**

　　"醉"美落叶季，你只需准备一双鞋、一部相机、一辆单车，就能感知被落叶包裹的闵行，那种清幽高雅，与上海老底子里的记忆不谋而合。

　　你每天穿梭的城市，你每天穿梭的街道，总藏着你所不知道的美好与惊喜。"数树深红出浅黄"，又是一年落叶季，在最合适的时分，多出去看看，丈量闵行的点点滴滴。 CS

梅陇 "花世界"

罗 曼

　　在益梅路上有一个中小型的花鸟市场——梅陇花鸟市场。它被紫藤一村、花园别墅小区包围着，光听这小区名和路名，这里有一个花鸟市场似乎还挺应景，然而，再深入了解一下你会发现，不只是这些文艺风雅的名字，整个梅陇镇的历史都与花结缘，老一辈们更是对有花相伴的日子早已习以为常。

　　7月上旬，上海被持续的高温天气炙烤，梅陇花鸟市场的入口处，

陆陆续续有人进出，大多是拖家带口遛娃的，独行侠也有，穿着拖鞋，摇着扇子，不像是头一次来打卡，更像是这里的常客，家中有花儿小宠要伺候，时不时得来这里购置些小物或觅点新鲜。看他们游走在市场的小道上，时而轻声询价，时而驻足观赏，时光仿佛在这里放慢了脚步，市井生活的气息扑面而来，轻松又惬意。

市场规模虽然不大，但胜在亲民有烟火气，摊位布局朴素整洁。市场入口处左右两侧的摊位是几家售卖鲜花的店铺，色彩艳丽的鲜花一排排紧凑地摆放在店门口，让刚进到市场里的人眼前一亮，心情也仿佛变得明亮起来，荷花、睡莲、玫瑰、桔梗、康乃馨……种类繁多。

虽然色彩丰富的康乃馨受欢迎程度远比不过当季的荷花和睡莲，但康乃馨却是梅陇的"乡花"，有着上百年种植历史，还曾出口海外。**这让它在梅陇的花卉市场中显得有几分特别，又有些怀旧，仿佛提醒着人们那个曾经人称"花乡梅陇"的地方**，是 20 世纪 90 年代上海市规模最大的切花生产基地。

　　一位女士带着孩子向老板询问荷花的价格，老板热情地招呼着，推荐他们搭配几支莲蓬一起购买，回家插花瓶里非常有韵味。女士满意地买单，孩子却迫不及待地想要掰开莲蓬抠莲子吃，手拿荷花，吃着莲子，像极了童年的夏天。

　　沿着主路向里走去，右手边一条小岔路仿佛格外热闹些，拐进去一看，原来是各种小宠的聚集地，龟、鱼、鹦鹉、仓鼠、蛐蛐……这条小道自然成了孩子们最爱逛的地方。就在岔路口处，有一家专门卖热带鱼和珊瑚的店铺，门口很不起眼，但推门入内，强劲的冷气吹走了闷热，整齐摆放的鱼缸在灯光下呈现出迷人的蓝色，热带鱼在珊瑚丛中游弋，孩子们都驻足缸前，如同参观水族馆一样好奇满足。小路上还有几家专门卖鱼和乌龟的店也不错，新手可以和老板讨教点经验，熟客大多都会和老板多聊几句，一边交流养宠心得，一边了解市

在繁忙的都市生活中
寻找到这样舒适的交
流氛围，也是种难得
的体验。

场情况，在繁忙的都市生活中寻找到这样舒适的交流氛围，也是种难得的体验。

　　或许是由于季节的原因，卖植物盆栽的摊位明显没有小宠区那么热闹，显得有些冷清，但品种很丰富。听店铺老板介绍，春季和过年过节的时候，这里的花卉盆栽店铺人就比较多，有些老客人还会从很远的地方专门赶过来采购。想必应该有很多人还记得那个无处不飞花的梅陇镇吧。

　　"前几年拆违的时候差点被拆掉，我们经常过来很熟悉的，要是真的拆了，买花草就不方便了，也没地方打发时间了。"偶然间听到一位老阿姨和旁人的闲聊，才知道在前几年上海花鸟市场数量不断减少的背景下，梅陇花鸟市场得以保留下来是很难得的。这或许对梅陇人而言也是一份充满回忆、芬芳扑鼻的幸福吧。 [c5]

听潮

海上风来

第二站

座传世 "安缦"

去看演出吧

脉" 此中现

上海 汉无极

兰" 花开

夜阑市，半城烟火

无穷大

风从海上来，潮自闵行起。

摩登漫步，足下优雅；弦动木心，指尖流音；智能添薪，续燃烟火。岁月的光影铭刻于这座都市，每一次的追光逐影，都是对美好生活的期待和奔赴。

认识上海的 "第一站"

尤佳诚

　　"国外有 China Town（华人街），上海有老外街。"

　　虽说是街，这里宽不过 20 米，更像旧时的弄堂。一到傍晚，老外街的虹梅路入口外，上下客的出租车、商务车、私家车挤成一团，

形成交通"堵点"，仿佛是此地人气旺盛的最佳证明。如果是第一次来老外街，琳琅满目的店招、菜单会让人瞬间患上"选择恐惧症"。肯定得从头逛到尾，再从尾逛到头，这才定得下自己的"心头好"。

细心数一下，这条 500 米长的街上藏龙卧虎了十多个国家的 30 余家店面。不是餐馆，就是酒吧，却"一店一格"，旗帜鲜明，轻易就能分辨出意大利菜、日本菜、泰国菜、印度菜、比利时菜、西班牙菜、德国菜等十来个国家的菜系，犹如走进了餐饮"联合国"。而且过半的店铺都是外籍人士所开，已经成为漂在魔都的外国人的"据点"。每年固定的啤酒节、万圣节、圣诞节活动都是人气最旺的时候，2022 年世界杯期间，这里俨然变成各国的"主场"，坐在庭院里，喝着爽口的啤酒，看孩子三五成群地打闹玩乐，为自己国家的球队呐喊助威。

在老外街，你能清楚地感受到，这里每家店都充满人的温度。老板的热情、食物的美味、顾客的愉悦、氛围的融洽有些出乎我的意料。

聊着天，不知不觉，天已擦黑。如同
每天的入夜时分一样，老外街的招牌
霓虹灯亮了起来，楼上楼下，甚至门
外空地，客人越来越多。

大竹子酒吧老板不紧不慢地安排着当晚的演出安排，意大利餐厅的大厨为了老客人的点单，向邻居墨西哥餐厅借了些菠菜，日本餐厅的后厨人员正在检查刚到货的烧鸟品质。似乎每个来此消费的客人都会被街上的气氛所融化，变得快乐而友善，也难怪"初次邂逅的人也会爱上老外街"。

也因为有人的温度，老外街慢慢成了社区中心，让单纯的消费文化让位于多元的休闲文化。它把互不相识的人聚集在一起，把外国人、本地居民、市区白领容纳进同一个空间，大家相互挨着，吃饭、喝酒、聊天。**这种偶然的、公开的、随性的接触消弭了可能存在的隔阂，往大了说，建立起的是尊重、信任和社区共同体的意识。**

聊着天，不知不觉，天已擦黑。如同每天的入夜时分一样，老外街的招牌霓虹灯亮了起来，楼上楼下，甚至门外空地，客人越来越多。有中国人，更多的是外国朋友。他们时不时与外国老板打着招呼，呼朋引伴地入座，老样子来上一份餐食，并为周边的朋友介绍着老外街的趣味。

虹梅路一侧的入口处停着一辆墨绿色的老式蒸汽火车头，车头后长长的一堵围墙被装饰成一节节绿色的列车车厢，车厢边便是与对面店家对应的极具个性的露天座椅，大多数客人都从这个入口进来，在此品酒聊天，恍如置身于一列静卧中的车厢里。

大都市的生活，有多少新潮与时尚在火爆更迭，闲适的老外街，也难怪被戏称为老外认识上海的"第一站"。 **CS**

快乐到站

周皓彦

　　和麦可将的相遇是在雨天，当时我就心里嘀咕，"今天没得玩了。"麦可将成立于台湾，从家居服制作到文创园区转型，再到国家 AAA 级旅游景区创建，始终秉持匠人精神，用心做好每一件事。

　　我选择的是孩子们的乐园——纸箱王。一走进室内的主题休闲园区，就能看到用纸板搭的大型独角兽模型、可以开动的纸制小火车和各种充满巧思和艺术感的纸制文创产品。拐到餐厅区域，整齐地摆放

小小动物园
CARTON'S MINI ZOO

着用纸做的桌椅、餐具，还有神奇的"纸火锅"。给人的感受就像他们介绍里说的一样，这是个纸的异想世界，"'纸'有你想不到，没有做不到"。

来之前就对这里大名鼎鼎的"呆呆小火车"有所耳闻，但近距离看到摸到，还是让我这个成年人觉得不可思议。听工作人员介绍，"呆呆小火车"是用坚固的瓦楞纸制作的，表面没有涂色，保持了纸的自然外观，为了安全起见还专门做了加固处理。车厢是敞开式的，小朋友和大朋友们可以坐在里面自在地欣赏园区风景。整个火车观光时长 8 分钟，会经过用纸打造的森林探险隧道，绕过园区外部的观光区域，畅游台湾钢雕大师刘丁赞专门

为乐园用钢筋打造的"空中花园"。的确，坐着纸火车在"钢筋花园"里流连，这不应该是只发生在童话书里的情节吗？这是何等的奇思妙想，让纸和钢筋的跨界碰撞，成为孩子们嬉戏玩耍的后花园。

这岂止是孩子们的乐园，大人们在里面也仿佛回到童年。在"纸箱王"乐园转一圈，你会发现这里既有能满足孩子玩乐需求的地方，也有成年人可以驻足或休闲的区域。因为没有带孩子，所以我自己逛得尤为轻松，在偏爱的文创产品区域久久不能挪步，不知不觉竟开启了购物的节奏，为孩子挑选起了适合他的手工产品。这里有用纸拼搭的野生动物，也有可以装饰房间的靓丽小灯，还有难度较高，由1200个小正方体盒子拼成的"纸赛克"名人肖像画，种类繁多，充满惊喜。通过制作这些手工品，有助于培养孩子的动手能力和专注力，亲子协作还可以增进感情，对成年人而言又何尝不是一次重拾童心的体验呢？

雨还没停，室外以白色为主色调的"钢筋花园"挂着雨滴，有一种特别静谧的美感。我继续在"纸箱王"里消磨时间，靠窗而坐，享受难得的清静时光，低头看着刚买的纸手工，心里不禁想，和孩子一起在这里静静地做一下午的手工，累了再吃点"纸火锅"也挺不错的。

孩子玩得高兴，家长陪得开心，一家人其乐融融，在这个快节奏的大都市里度过一段轻松愉快的时光，显得尤为珍贵。🅢

汉无极

燕 子

　　一梦千年，尘世沧桑如画，醒来又是春天。"这个春天，欢迎大家出门看展，来闵博欣赏如春光般的繁华往昔、盛世荣光。"

　　"马王堆来上海开展了！"2023 年 3 月初，这条消息火遍了朋友圈，连新华社等多家主流媒体都争相报道。继 2022 年举办的"乐居长安——唐都长安人的生活展""盛世回归——海外回流文物特展"两大展览后，闵行博物馆（下称"闵博"）再次带来惊喜，为市民呈上"汉·无极——长沙马王堆文物精品展"，将在长沙沉睡两千年的墓葬精品搬到上海，让市民有机会近距离接触古老灿烂的汉代文明。观众反馈热情，一度出现了预约爆满、一票难求的场景。

我来采访的这天是一个工作日，但闵博的人气依旧不减。早上 9 点一开馆，参观者便直奔马王堆文物精品展。作为轰动中国乃至世界的重大考古发现，马王堆汉墓是西汉初长沙国丞相、轪侯利苍的家族墓地，共出土珍贵文物 3000 余件。其中一号墓中出土的利苍之妻辛追夫人遗体，外形完整、全身润泽，甚至手脚指纹仍清晰可辨，可谓人类防腐技术的奇迹。3 月 3 日—5 月 3 日期间，精选自该汉墓出土的 138 件（组）珍贵文物亮相闵博，以实物与多媒体技术结合的方式，展开一幅西汉初期的生活图卷。这是马王堆汉墓文物首次来沪展出，**它们带观众领略 2000 多年前的社会风貌，呈现当时人们对于宇宙、天地、生命的探索与理解**。

步入展厅，犹如走进一个由汉代人所编织出的梦境：展览尝试采用轻盈灵动的展示理念，以一条红色帷幔长廊替代部分墙面，营造出飘飘欲仙的感觉，氛围感"拉满"。华贵的朱色搭配上柔顺的材质，凸显出汉代的时代氛围，犹如置身 2000 年前辛追夫人的家中。

本次展出的 138 件（组）精美展品，分为三部分。"惊世之现"主要展示马王堆汉墓的考古发掘与成果，并对轪侯家族的人物生平做简

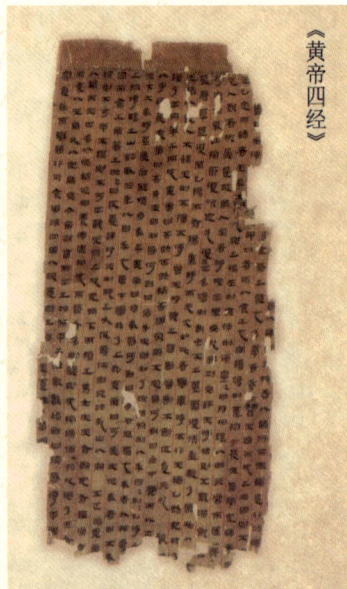

《黄帝四经》

一梦千年，尘世沧桑如画，醒来又是春天。"这个春天，欢迎大家出门看展，来闵博欣赏如春光般的繁华往昔、盛世荣光。"

要的介绍。"赫赫轪侯"以马王堆汉墓出土的器物为依托，通过财富、饮食、衣着、娱乐，及精神追求等多个方向，呈现轪侯家族的日常生活场景。"安合大礼"则通过出土文物上描绘的场景，一窥汉代初期人们对于长生不老、羽化升仙的精神追求。

"这个狸猫长得好像宫崎骏的'龙猫'啊！"在"炊金馔玉"展区，四五个女生围在一起，观看墙上的视频。原来，为了吸引更多年轻人走近传统文化，闵博专门以狸猫形象为主角，制作了主题动画"漆盘上的动物纹"。长须长尾的狸猫、身姿矫健的蟾蜍、憨态可掬的乌龟全部活灵活现，纷纷从漆盘上"跳"下来，向观众打招呼。闵行博物馆馆长刘静告诉记者，狸猫是轪侯家族的身份标志，该展区最引人注目的展品之一"狸猫纹漆食盘"就绘有包括狸猫在内的多种动物，很多器物上还写着吉祥语"君幸食""君幸酒"，祝福主人"吃好喝好"。狸猫、吉祥语和漆器本身都反映了当时高超的制作工艺和轪侯家族富裕的生活。

借助多种多媒体设备，汉初人们心中的幻想世界穿越时空，来到观众眼前。除了"漆盘上的动物纹"视频，在"安合大礼"展区，还设置了大型投影秀《永生之梦》。投影秀运用整整三面墙体，从四重漆棺和T形帛画纹饰中提取的元素，配合极具楚文化风情的背景音乐，着力构建出辛追死后的世界。以"人间—地下—天上"的顺序，通过呈现生与死的循环往复，还原出时而奇诡瑰丽，时而雄伟辉煌的"永生之梦"。

展览的火爆离不开细致的前期部署。闵博的工作团队在前往湖南博物院接洽之前，就已经多次翻阅湖南博物院的网上展厅，并重点标注了此次展览中所涉及的所有文物的多媒体资料。"在这个过程中，墓坑投影秀《永生之梦》中的一幕幕故事片段极具视听冲击，给了我们灵感，想将其做成一个沉浸式交互秀。可惜，当时这个多媒体的完整版本并不在湖南博物院里。博物院给我们的是低精度版本，画面只能在手机上播放，一旦放大就全部模糊了，而且画面是按湖南博物院墓坑造型来切割、分屏的，与我们实际使用场景不符。后来，我们找到了视频原作者单位。在湖南博物院、布展公司和我们三方的共同努力下，多次协调沟通，最终按照本次展示空间形式重新后期合成，再按精度要求输出制作。"多番辗转，精益求精，这才有了此次展览中让观众身临其境的投影秀。

2022 年"乐居长安展"于 7 月举行，在那个百年一遇的酷暑，观众依旧络绎不绝、热情不减，让刘静深深感受到了市民对于精品化、有深度的中华优秀传统文化展览的强烈需求，也给了她和同事们持续深耕的动力。"作为特展，我们的展品可能不是最全最多的，但是会努力通过具有特色的策展，从美术设计、参观动线、多媒体、打卡点、配套手册、互动活动、文创周边等多个维度着手，不断提升品质，同时注重如何让展览更加'接地气'，吸引更多观众走进博物馆。"

特展的展期有限，但配套服务是可以不断延伸的。正是基于这一点，闵博作为区级博物馆不断加

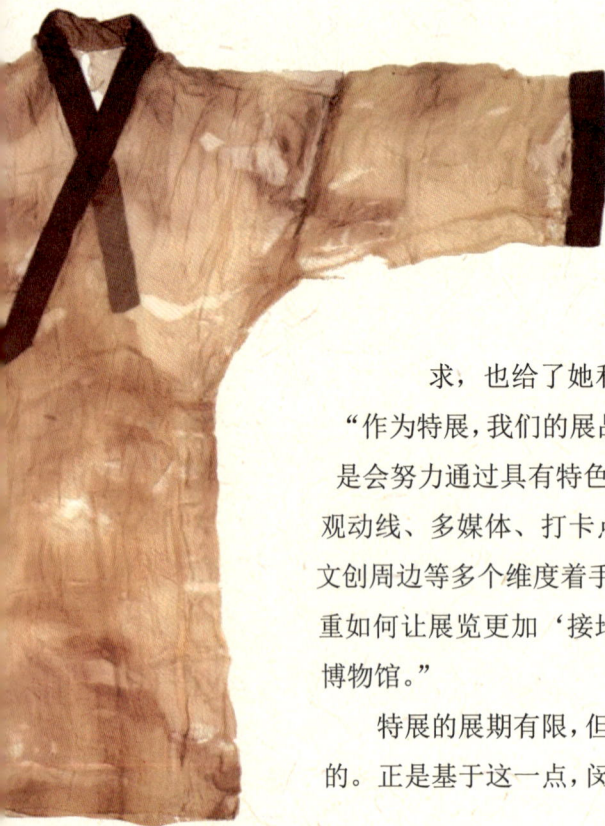

强凝聚力，保持自身关注度。为了让观众更深入地了解马王堆汉墓，开展当天，湖南博物院马王堆汉墓及藏品研究展示中心主任、二级研究馆员喻燕姣在闵博推出了一场以"震惊世界的马王堆汉墓"为主题的专家讲座。此外，闵博尤其重视对青少年在文博素养方面的培养。比如，为了配合"盛世回归——海外回流文物特展"，首次推出了让青少年自己讲述文物历史故事的广播剧《国宝守护人》，如今这部总共10集的广播剧正在闵行区的各个校园里播放，很多孩子都在同伴稚嫩的声音中感受到了文化的厚重、听到了历史的回声。本次马王堆文物精品展也邀请了多位青少年"国宝守护人"走入闵行区融媒体中心录音棚，讲述文物背后的流金岁月，让更多青少年从中受益。

刘静动情地说："我们的初心，是希望让观众近距离了解轪侯家族，去领略西汉时期的灿烂文化。也希望通过各个维度的努力，传播与弘扬中华优秀传统文化，丰富市民精神文化生活，让他们进一步了解中华民族的悠久历史，增强文化自信。"

传承中华文明、让更多市民与优秀传统文化同频共振，闵行文旅人一直在努力前行的路上。从"乐居长安——唐都长安人的生活展"到"盛世回归——海外回流文物特展"再到"汉·无极——长沙马王堆文物精品展"，这两年来，闵博举办的特展可谓个个都是"爆款"。一道道重量级文博大餐来到百姓家门口，让他们享受到"永不落幕"

的精神盛宴，为上海这座国际文化大都市增添底色与底气。为了满足高涨的观展需求，闵博甚至还加设过夜场。而本次展览向市民免费开放，更体现了闵行文旅人以诚心润泽城市，做既有深度，又有温度的展览，让市民时时刻刻都能感受到上海这座城市的暖意、惬意和诗意。

"布展很有心思，每个单元主题明确，食物、服饰、漆器、帛书分类摆放，让观展者思路清晰。""看了T形帛画的动画图解，我才知道原来古画中有这么多'门道'。""狸猫房子的打卡点和最后的套印图章很有意思，值得二刷！"现场记者随机采访了不同年龄段的观众，反馈都是一个个大大的"赞"。或许，对于闵行文旅人来说，这些评价已是前进道路上莫大的鼓励。

一梦千年、尘世沧桑如画、醒来又是春天。"这个春天，欢迎大家出门看展，来闵博欣赏如春光般的繁华往昔、盛世荣光。"据了解，此次展览还有一个"彩蛋"——在湖南博物院的大力支持下，这次的展览争取到了3件从来没有在巡展中出借过的展品，其中就包括了极具代表性的一级品——绛紫色"长寿绣"丝绵袍。"如果大家感兴趣，可以在展览中找找看。"刘静笑着说。CS

闵行博物馆视频

趁晚霞尚在，去看演出吧

刘成荣

　　去看脱口秀的这天是周末，大暑刚过的第一天，很闷热，天空跃跃欲试地想要落下几颗小雨点。下午两点，匆忙结束手头上的事后，便立马与朋友会合，唯恐错过我人生中的第一场线下脱口秀表演。

　　上海城市剧院位于春申文化广场，而它的马路对面便是莘庄的购物中心——仲盛世界商城，我们在商场里找了一家餐厅解决晚饭，出来时已是傍晚时分。门口的广场有着大批在此休闲的居民，喝酒聊天、

舞蹈轮滑，人间烟火气十足。晚霞将此地盖上了一层金色的薄纱，微风拂过，让我想起了那句"云朵偷喝了我放在屋顶的酒，于是她脸红变成了晚霞"的文案，如此富有生机的画面，不该是"夕阳无限好，只是近黄昏"的落寞。

我们穿过这层温柔的薄纱，来到马路对面的春申文化广场。大概是因为上周五刚刚恢复营业，许多延期的演出这几天陆续复演，又恰逢周末，门口来往的客人络绎不绝。我看到一对年轻的情侣在门口的海报墙前驻足了很久，最后女孩指着一张音乐会的海报对身边的他说："这个吧，从去年开始就关注了，记得到时候帮我抢票。"

上海城市剧院日常演出不断，从悬疑舞台剧系列到国粹戏曲经典剧目，从优雅的芭蕾舞剧到令人捧腹大笑的脱口秀……这里，是上海西南地区的标志性文化设施之一。春申文化广场也自然而然成了闵行居民汲取文化的好去处。

城市剧院的位置并不显眼，没有闪烁的霓虹灯，也没有夸张的门头造型，与旁边的建筑融为一体，上面写着"上海城市剧院"几个大字，如果不是旁边的海报墙，第一次来此看演出的观众还真不好找。紧挨着剧院的是闵行区图书馆，这里不仅有 24 小时开放的城市书房，还会定期举办各种公益文化讲座。除此之外，闵行区青少年活动中心也在此处，当真是应了春申文化广场中的"文化"二字。

原以为较为小众的脱口秀不大受观众的喜爱，但我进入剧场之后，却发现即使因为脱口秀涉及社会性话题，谢绝 16 周岁以下的未成年进入，这场演出的上座率依然非常高。相较于戏曲、音乐会等这类高雅艺术，脱口秀属于下里巴人式的艺术表演，演员在台上慷慨激昂地讲述着自己的故事经历，频频爆出段子与金句，让台下的观众哈

演员在台上慷慨激昂地讲述着自己的故事经历，频频爆出段子与金句，让台下的观众哈哈大笑。也许它没有办法给观众足够的艺术熏陶，可在一次又一次的开怀大笑中，我忘记了烦恼，只享受当下的愉悦，这不是也很好吗？

哈大笑。也许它没有办法给观众足够的艺术熏陶，可在一次又一次的开怀大笑中，我忘记了烦恼，只享受当下的愉悦，这不是也很好吗？

那天，台上一共有三位表演者向我们分享了自己的故事，真实又有趣。印象最深刻的就是其中一位表演者说起了自己的妈妈，谈及自己的妈妈特别爱贪小便宜，总是喜欢在购物平台上买一些低价商品，而且每个购物平台的网名都不是相同的，有的叫"Lisa（莉萨）"，有的叫"Amy（埃米）"，哈哈大笑之后，我想这真是个可爱的阿姨。也许，我的父母也有如此可爱的一面，只是我还未曾发现。

在晚霞渐渐消散的时光里，脱口秀演出也落下帷幕。走出剧院的大门，我看到对面商场门口的广场舞还未停下，阿姨们依旧神采奕奕。而在我的身边，旁边的屋檐下，有一位年轻舞者跟随着音乐跳起了拉丁舞，一旁的同伴为她打着节奏，指导动作，两人很是投入，沉浸于自己的世界里。

如此场景，每天都在这里上演，日出日落，不曾停歇。

宝物越百年，"龙脉"此中现

尤佳诚

　　"最好就这样能把你忘掉，最好能不想还有多困扰"，薛之谦的一首情歌《最好》道尽了恋人之间的哀思情愁，而这首歌曲的 MV 主要拍摄地就是位于漕宝路的宝龙美术馆。在薛之谦的情歌余音下牵着伴侣的手缓缓漫步于艺术之廊，还有什么比这更有情调的？

　　在 MV 中，一棵仿佛自仙界降尘的银白古松孤零零地屹立于空旷的大厅角落，静守着一幅幅如精灵般的画作，搭乘时光胶片般的走廊盘旋而上抵达天空之境。这样绝美的场景取景于美术馆的圆形展厅。

自 2017 年宝龙美术馆开馆以来，展厅因其独特的艺术设计，不仅吸引了众多艺术家前来观赏，还一度成为时尚界和娱乐界的"朝圣地"，除了拍摄过 MV，还多次成为时装秀和时尚杂志的取景场地。

宝龙美术馆占地 2 万多平方米，有大大小小的 10 个展厅。近年来，一直践行着"弘扬传统文化精髓、推动当代艺术发展"的宗旨，借助文化、艺术回馈社会，让大家进美术馆来欣赏、认定好作品。2021 年，恰逢宝龙美术馆建馆 4 周年，建馆以来最大规模收藏展"现代的脉动：宝龙艺术大展"向公众开放！展览跨越百年，呈现来自全球不同国家和地区的 150 余件艺术作品。**从齐白石到 KAWS（考斯），国内外百余位艺术家同台，六大线索梳理收藏谱系，6000+ 平方米空间开创性展陈设计，纵览世纪长河中艺术的时刻"在场"。**以"脉动"的旋律呈现一场辐射中国与世界的艺术盛宴。

我这回来宝龙美术馆观看的展是慕名已久的"用光召唤：超存在主义空间数智化大展——很西汉"。这也是全国首个原创 IP 交互展览。以光学电子为媒介，结合声画、光影、造迹等艺术呈现方式，重塑似真似幻的历史古境空间，通过多维度的剧本体验、沉浸式的角色扮演、不间断的游戏互动，一朝回到西汉。

"这个游戏讲述的是昭君出塞，她原先只是一名普通的汉家女

子，过着一般百姓的生活，后来被官员宣召入宫，成为一名皇家宫女……"一对身着汉服，刚刚参与完互动游戏的父子从我身边走过，父亲颇为专注地向孩子介绍着。和他们一番闲聊之后，才知道孩子很喜欢传统文化，父亲便趁着国庆佳节陪伴孩子来到这里，近距离沉浸式体验汉家文化。

不多时，便也轮到我参与这次戏剧游戏体验。一场约两个半小时，可以换上汉服，通过"穿越"之门来到西汉，在"未央之筵"体验西汉皇帝大婚现场，也可以通过投壶、六博棋等游戏活动在"槐市"获取钱币"稀罕贝"，买卖交易，亦可以在"冬官三临"亲身体验拓印、泥塑、编制等手工艺，可以说是互动性十足。场内会分成文臣、武将、史官三大阵营，最后的胜者则可将剑插入指定的位置，打开回到现代的大门。它打破了传统展览本身存在的惯有呈现方式，当每个人都参与其中，你不知不觉便成为展览的一部分。

游戏结束后，我恋恋不舍地在馆内闲逛，发现很多手拉手的情侣不时指着一处地方与伴侣分享着自己的理解，看到不少孩子对着一件装饰向家长表达自己的疑问，亦有三五好友身着华服合影拍照。随着艺术的催发，人人都能在此获得美好感受，时间也在这展览之中渐缓……🅒🅢

建一座传世"安缦"

赵 韵

　　车从宽敞的元江路疾驰而过，稍不留意便错过了安缦的大门。左右张望着绕了一圈，终于找到了安缦的正门。一块刻着名字的基石，一座仅可容纳一人的岗亭，一条只能两车交会的小路，构成了这座赫赫有名的养云安缦的大门。哦，不对，是"小门"。

　　寻寻觅觅间，一度以为迷了路，却又在柳暗花明处豁然开朗，古

养云安缦视频

树森森，溪水潺潺，仙雾笼罩着的一处古宅赫然而立。我当下便喜欢上了这个地方，也终于理解了"低调的奢华"是一种怎样的形容。

内敛、低调与含蓄是安缦永恒不变的主题。**安缦的每一次选址，每一座建筑的改造，每一家酒店的设计，都会对当地文化进行考察研究，力求将本土的人文精神与自然景观达到最完美契合。**

无论是作为上海"龙脊之地"的传说，还是堪称"上海之本"的五千年马桥文化，马桥这一具有浓厚人文历史底蕴的土地，能吸引素来看重文化的安缦酒店，是"意料之外"，却也在"情理之中"。

养云安缦坐落于一片宁谧幽静的树林中，主体设计为林间村落，将赣派古宅庭院重新设计、异地迁建。同时，上千棵国家二级稀有珍贵香樟古树被移植到此，其中不乏超过 30 米的千年古树。

这些古树和 50 座明清住宅是跨越了 700 公里，从中国中东部的江西省抚州运抵上海的。运抵马桥后，能工巧匠以 50 座古建筑零件重新搭建出 26 座古宅。当古树开始在新的生长地吐露新芽、枝繁叶茂，悠久的村庄也在精心复建下，令每一块砖石都重新散发出历史的光辉。如今，环绕这些宅邸的移栽樟树已蔚然成林，而拥有华丽雕刻和浮雕的古宅经过能工巧匠之手，也终于涅槃重生，构成了养云安缦静谧安详的中心区域。

养云安缦坐落于马桥镇元江路靠曙光路段的西侧，南面为规划建设中的森林公园，东北方向600米处即为上海旗忠国际网球中心。迁移至此的古宅中的13座现已成为四卧室带泳池古典别墅，此外还有24间现代单卧俱乐部套房星罗棋布于养云安缦广阔的林泉间，整体布局与环境相辅相成。获救的千年古木环绕四周，观赏湖泊点缀其间。我踏进安缦的那天已值冬末，微微寒风中透着春意，阳光正好，梅香正浓。阳光透过参天的香樟古树，在青黄夹杂的草坪上洒下点点光斑。古藤缠绕的墙面，质朴斑驳的古井，精致唯美的石雕，让人宛如走在历史的隧道中。江西受到古徽州文化的影响，建筑文化不可避免地有所传承。但不同于人们所熟知的徽派，这里没有华丽的砖墙和门面，没有标志性的粉墙黛瓦，只有朴实灰砖与大块石料。而我似乎也能从藤蔓间感受到古宅的呼吸，在包浆中触摸到时光的流逝。

安缦处处彰显出它的与众不同。从步入酒店大堂时起，闻不到其他奢华酒店所特有的香水味，取而代之的，是温润的金丝楠木散发出的，醇厚自然的原木味道。事实上，在养云安缦的内部设计里，几乎

> 阳光透过参天的香樟古树，在青黄夹杂的
> 草坪上洒下点点光斑。古藤缠绕的墙面，
> 质朴斑驳的古井，精致唯美的石雕，让人
> 宛如走在历史的隧道中。

所有的家具都是木头的，床架、写字台、茶几、衣橱、房梁、立柱……这里整体的灯光都比较暗，只在必须要用到照明的地方才会使用灯。因为通过赫赫有名的顶尖设计师 Kerry Hill（克里·希尔）的设计，这里的光影呈现出最合理的布局，透过雕刻出砖瓦纹理的墙面，自然光温和地洒进房子内，照在木质的沙发上，照进整块岩石雕刻的浴缸里。这般极简而清俊的设计，不愧为安缦闻名遐迩的优雅审美。

最值得一提的是位于中心地带的楠书房。据说这是当初从 26 栋明清古宅中精选出的 1 座曾经用作私塾的古宅，如今将其进行重建后打造成了这处楠书房，以传承古宅的建制与精神内涵。这里以金丝楠木为主要载体，传承古韵，通过器物、空间的营造，提供怡情养性之所，叩启中国传统文化的智慧之门。这片区域还设有花道、茶道、香道、禅道等多处中国传统文化体验室，每一间都装饰得颇具古韵，每一处细节都考虑得当，**悠悠古琴声，袅袅檀木香，甚至阳光下散落的细细尘埃都像是刻意修饰过的，优雅的气息透过瓷碟中干枯的佛手，插着一枝蜡梅的花瓶，以及茶具上散发着柔和光晕的包浆扑面而来，让人不禁沉静下来，放轻脚步，连呼吸声都几不可闻。**

在阳光灿烂的日子里泡一壶茶，看孩子在院落古树间嬉戏玩闹，开怀大笑；在阴雨绵绵的时光中燃一炷香，听雨声淅沥，沿着铁索流进院中池塘。无论春夏秋冬，无论风雨暖阳，在这里，总能找到一抹恬静，一份安详。ⒸⓈ

一把吉他，弦动上海

钟合

当古典吉他遇上昆曲，当中国传统民乐与古典吉他合奏巴赫经典名曲……上海大剧院内，观众在一场"弦动上海"吉他音乐会上感受中西合璧的艺术魅力。演出现场，瑞典吉他演奏家约翰内斯·莫勒演奏了他根据中国民歌改编的古典吉他曲目《五谷丰登》和《十五的月亮》，中国观众耳熟能详的旋律在演奏家的指尖流淌，令人倍感亲切。

"弦动上海"吉他音乐会，每年在上海标志性建筑和艺术圣殿上海大剧院上演，向世界展示上海之魅，凝聚和彰显新时代城市精神。如此高规格、高水准的大师级演出，你或许不知道，它是由江川路街道承办的。

2015 年，"阿尔达米拉上海吉他艺术节暨上海吉他邀请赛"项目将吉他艺术节正式落户江川，常驻上海。江川路街道举办的古典吉他盛宴——阿尔达米拉上海吉他艺术节暨吉他邀请赛，以吉他为媒，让来自世界各地的吉他大师和爱乐者齐聚闵行，通过西方古典吉他与中国民族乐器和传统戏曲的混搭演奏，传播中华优秀传统文化，也带动了闵行和江川的高雅艺术氛围。现如今，阿尔达米拉上海吉他艺术节经历几届的发展已成为顶级国际古典吉他艺术节和大赛之一。

公交站台和道路两侧挂满吉他图案和演奏大师的简介，马路上背着吉他行走的少年摩肩接踵，广场音乐会人头攒动……这一切无不在提醒：江川进入了吉他的世界和音乐的海洋！

世界大师云集献艺，来自全国的参赛选手一展才艺，并举办名家大师班，让众多琴友能近距离地和自己心目中的偶像互动，共同用优美的旋律演绎属于吉他的音乐盛典，以一场指尖上的艺术盛宴向世人表明：艺术是没有国界的。

2019 年的吉他艺术节，"中国风"与"国际范儿"的结合成为音乐会亮点，演出现场座无虚席。由古典吉他演绎的昆曲《牡丹亭》选段《游园惊梦》，为当晚的音乐会掀起高潮。旖旎婉转的昆曲唱腔，配上吉他表演艺术家亚当·德尔·蒙特和昆笛演奏家张思炜的深情演绎，惊艳众人。除了与昆曲的混搭，中外艺术家还尝试将吉他与中国传统民族乐器融在一起进行跨界演绎，展示了古典音乐的无限可能，令人从中感受到上海海纳百川的城市精神，以及海派文化兼容并蓄的无穷

魅力。

提起音乐厅，人们想到的就是高雅音乐，似乎等同于正装入席，收声端坐，一脸严肃，让许多人心生距离，不敢走近。阿尔达米拉上海吉他艺术节走出剧场，以一种融入、接地气的姿态，注重"经典汇聚"与"雅俗共赏"，不仅为民众带来国际水准的吉他音乐会，以及大师班、艺术讲座等公益文化活动，让社区居民在家门口也可以感受到高雅的艺术。

伴随高亢激扬的优美音乐，钟情于委婉动听的吉他旋律，沉醉在顶尖吉他大师创作的作品魅力中！愿 2023 年 7 月回归，让艺术在音符间流淌。期待蓦然回首，"他"在江川灯火阑珊处，让"弦动上海"音乐盛典，再次"嗨"翻闵行！ⓒ

今夜，"白玉兰"花开

姚 尧

对于全世界的网球爱好者而言，上海旗忠森林体育城网球中心是一个如雷贯耳的地方。每年 10 月份，上海 ATP1000 大师赛就在这里举行。

作为全球仅有的 9 站 ATP1000 大师赛之一，每年这里都群星闪耀，

费德勒、纳达尔、德约科维奇……众多的天王巨星在这里相聚一较高下。**热爱网球的人们也从世界各地齐聚旗忠，只为能亲眼一睹自己的偶像挥拍的身姿，此时，这里就成了他们一年一度的嘉年华。**

我家也是个汇聚了网球爱好者的家庭，每年的上海大师赛举办期间，无论如何也会抽出时间去现场走一遭。

通过检票口，映入眼帘的是一道通往主球馆的阶梯。从下方看去，主球馆远比外围远眺时大得多，整体建筑 30649 平方米，地上 4 层，屋顶以著名的"白玉兰花瓣"顶棚为标志，周身覆盖着全透明的玻璃幕墙和银白色的金属骨架，尽显科技与时尚的气质。

沿着主球馆的阶梯一路向上，便会抵达球馆外侧的通行平台，从这里可以俯瞰整个上海旗忠森林体育城网球中心，远处的休闲购物区、美食天地，以及另外 18 片室外比赛场地尽收眼底。此外，在视线的尽头，依稀也能看到另一座在树丛间掩映的巨大建筑，那是作为

> 这将是一个不眠的夜晚，球迷们回味着一个个比赛中的精彩瞬间，久久不能入睡，一年一度的网球嘉年华，即便为此失去一夜的休息时间，也足以物有所值。

副场地的二号球馆。

进去的时候，恰好是主球馆的赛事告一段落，下一场比赛尚未开始，便不妨先来到室外场地区域逛一逛，找一找外围比赛是否有自己感兴趣的选手。

趁着闲暇，也去休息广场的游乐区走了一遭。在这片休闲区，安排着许多供网球发烧友和亲子家庭娱乐游玩的项目，儿童网球、猜谜、套环等等，不一而足。只需从服务台领取当日游戏卡并完成相应任务，你也能在 Wii 家庭游戏机的网球游戏里一展身手！不过自然，难度比真人网球低多了，只需几个简单来回，就能驾驭自如，让自己也体验一把世界冠军的风采。

逛着逛着，夜幕不知不觉间渐渐降了下来。正所谓"民以食为天"，为了填饱空空的五脏庙，可以先去"美食区域"转一圈。哈根达斯、希尔顿、棒约翰等一系列国际美食品牌提供了种类丰富的中外美食。作为网球赛事一贯的赞助商，喜力啤酒也从不缺席，爱喝酒的球迷既可以在这里开怀畅饮，也能和亲朋好友细细地分享有关网球的经历和故事。

吃饱喝足，今天的压轴大戏也到了上演的时刻，也就是主球场的"天王"登场的比赛。

在全球浩如繁星的职业网球运动员之中，"瑞士天王"费德勒是人气独一档的，标志性的单手反拍和潇洒的打球风格，为他赢得了"全世界都是主场"的人气待遇。他的球迷们为他起了一个专属的绰号叫作"奶牛"，粉丝们则理所当然自称为"奶粉"。

时长两小时的比赛过后，"天王"赢下了属于他的胜利，但比赛的过程却表现出了明显的力不从心。时间平等地对待所有人，费德勒叱咤球场二十余年，身体能力已经远不如年轻的时候，许多以前能够回击的球，如今为了保护身体和保存体力也不得不选择了放弃。大家也都明白，能看到费德勒的比赛，是看一场少一场，也正因此，才无比珍惜。

比赛结束时，已经是 11 点之后的深夜。走出中央球馆，秋风瑟瑟，却依然抵挡不住球迷们的热情。这将是一个不眠的夜晚，球迷们回味着一个个比赛中的精彩瞬间，久久不能入睡，一年一度的网球嘉年华，即便为此失去一夜的休息时间，也足以物有所值。

遗憾的是，上海 ATP1000 大师赛已经三年没有举办。好消息是——2023 年 10 月，这朵闵行的"白玉兰"将再度盛开，比赛周期更长，赛事更丰富。可以去旗忠看大师赛了！ CS

走进"莫奈花园"

沈雯

上海人对于咖啡的偏爱,恐怕并不亚于英国人对于 tea time(午茶)的执着。早在 20 世纪二三十年代的南京路、霞飞路(现淮海中路)上,每走几步就有一家装潢考究的咖啡馆:沙利文、起士林、马尔斯、DD'S、CPC……落地玻璃窗光可鉴人,阳光洒在丝绒沙发上,留声机里慵懒的爵士乐流淌而过,侍者端着杯盘来往穿梭,客人们或喁喁细语,或正襟危坐。当年在这样的场所"吃咖啡",可算特别摩登

的一件事儿。如今，岁月将咖啡粉研磨得愈发浓郁香醇，人们对咖啡的偏爱依然，但似乎更蜕变成了一种态度、一种与都市节奏接轨的生活方式，好像随时随地都能来上一杯，"续命"或"续魂"，在哪里喝倒不是那么讲究了。

"喝咖啡的地方嘛，我感觉都大差不差的。"这不，一位被连日高温"逼退"在空调间里的好友，刚婉拒了我们的下午茶邀约，拜托我们先行"打探"下那个"可以喝咖啡的莫奈花园"到底如何特别。

我们一路疾驰，驶进了位于莘庄工业区里的得丘礼享谷文化创意园（以下简称"得丘"）。整个园区隐居闹市，**湖光云影，林木葱茏，一幢幢由老厂房改造的独立建筑风格迥异，被葳蕤的爬山虎掩映在片片绿意和条条曲径中**。我们像误入了莫奈的印象派油画，我对朋友玩笑说："你看'魔都'还真会点'魔法'，比如'绿野仙踪'。"

蔓陀花园咖啡店并不难找，下了车沿着湖边迤逦而行，十分钟后我们便已坐在店里了。透过窗户和环湖廊道，可以一览泛着涟漪的湖面，湖边慵懒憩息的"呆头鹅"偶尔会被错认成雕塑。周边郁郁葱葱青翠的藤蔓，缠绕着苍劲的枝干，攀爬上厚实的砖墙。脸上原本灼热

的暑意合着窗外的蝉鸣渐渐消散，忽而想起那句"深林无暑气，近水得清凉"。

晃神的间隙，茶点一一上桌，彩虹冰激凌蛋糕、奶白色的"小奶狗"咖啡、樱草黄的百香水果茶……就好像，甜品桌是被打翻了的调色盘。忽而生出一个念头：在这里，艺术并不"端"着，而可以简单地从一杯花园下午茶开始。

没多久，那位"家里蹲"朋友忍不住发消息过来："怎么样？"

我不禁莞尔，回了一行字："我想我在上海找到了一家爱德华·蒙克可能会爱上的咖啡馆。"

之所以如此回答，是因为挪威表现主义画家爱德华·蒙克常在户外作画，喜欢"让作品暴露在大自然中"（以至于其作品《呐喊》中的白色斑点还曾被人误为鸟粪）。而让艺术暴露在花园中，恰好也是得丘给我的感受，与它自身的定位不谋而合——**"花园里的艺术馆，花园就是艺术馆"**。

相较于设计工整的意大利花园的气势恢宏与平铺直叙，得丘的花园并不执着于几何美学，风格上更接近英式花园的曲径通幽，并兼具

晃神的间隙，茶点一一上桌，
彩虹冰激凌蛋糕、奶白色的
"小奶狗"咖啡、樱草黄的百
香水果茶……就好像，甜品桌
是被打翻了的调色盘。

融合了传统江南园林移步换景的含蓄之美。在这里，"魔都"给人的前卫感，好像被爬山虎柔和了棱角，显得不那么着急。**在被钢筋与混凝土日益吞噬的现代，城市也需要呼吸，需要流动的光影和草木疯长的自由，我感受到的闵行，正是如此不紧不慢协调着它自身的脚步。**

此刻在花园里喝咖啡、品下午茶，比起一般意义上的"格调"，也多了更多自由灵魂的碰撞。轻声谈论着陶艺课的茶客，坐在走廊低头写生的学生，草坪上邂逅的古筝演奏者，在威罗瓦古堡拍照的情侣……在这里，许多人都不再是进门前的自己，而成了诗人、乐师、画者、手作人、摄影家……在这里，可能与艺术家不期而遇，也有可能遇见那个你不曾想过的自己。正如得丘在其公众号上写的："希望以统一性的环境和艺术，共同去建构每一个生活瞬间、梦想空间。希冀每一位观众都能因此成为艺术爱好者、参与者、思想者，共同成为诗与梦的重要组成部分。"

在离开之前，我们也找到了此行最好的纪念品，留一张与花园的合影，把自己装进"油画"里。 **CS**

首尔夜市

一夜闹市，半城烟火

刘成荣

炸鸡、啤酒、海鲜、烤肉、部队火锅……要说在上海哪里可以品尝原汁原味的韩国味道，位于闵行区虹桥镇虹泉路的"韩国街"，一定不容错过。

全长1000多米的虹泉路，云集了大大小小数百家韩国超市、小店，这里的常客不仅有周边居住的韩国人，还有许多对韩国文化感兴趣的市民，他们也常来这里逛市集、购物、尝美食，感受韩国风情。

　　这个夏日，经过前段时间密集的降雨，终于迎来了小幅度的降温，有了几分凉爽。出行的人也渐渐多了起来。于是当夜幕降临，一个个新奇有趣的夜市就成了外出游玩的首选。而我今年的第一次夜市之旅，就献给了"韩国街"。

　　这是一条让人舍不得早睡的夜市。抬头仰望，"首尔夜市"四个白色大字高挂在入口处，如瀑的金色满天星垂挂其下，数不清的帐篷摊位、餐车围着商场沿街摆开，随处可见的韩语标识、韩式小吃，令人仿佛置身于首尔街头。2022 年 8 月 20 日，上海夜生活节正式开启。首尔夜市作为本次活动中"上海夜生活节"的一部分也开启了名为"全州（韩国城市）美食节"的主题活动。夜市内，除了地道的韩式烤肉、海鲜和小吃等美食，特别增加了 8 个小吃餐饮区域，为游客带来正宗的全州美食。我和闺密在逛完外围集市之后，便迫不及待地前去大快朵颐一番。

　　烤肉是绝对不可错过的，我们挑了一家人气最旺的烤肉店。正值高峰期，在店门口足足等候了半个多小时之后，终于能安心坐下来好好享受美食了。肥瘦相间的五花肉在烤盘上"吱吱"作响，热油混着汁水爆发出浓烈的香味。一位帅气的服务生在我们旁边帮助烤肉，不同于以前吃的自助餐烤肉，这里真是全程不用操心，烤好的五花肉焦

焦脆脆，一点也不油腻，配上紫苏叶子和热炒泡菜，一口下去，真是回味无穷。店里的芝士猪排也是客人来此必点的一道菜，在服务生的强烈推荐之下，我们决定尝尝看，是怎样的一份猪排，能比上海的传统炸猪排还要吸引人。首先在分量上就是超级足，店员会帮你剔骨，服务超周到。在芝士煮化后，夹一块猪排裹上层层芝士，一口送入嘴里，真的是太满足了！这道菜可以说是芝士星人必点，旁边还配有海苔饭团，朋友在吃完一个之后，便表示虽然是自己吃过最好吃的芝士猪排，但自己的肚子已经塞不下了，强烈建议店家以后推出小份的。

在交谈中，我们从服务生的口中得知，他们的老板原本是在中国留学，因为热爱餐饮行业，后又看到"韩国街"的发展机遇，于是决定在这里创业。他还表示，这条"韩国街"上，有很多像他老板一样的韩国人，他们有着类似的经历，**因为热爱这片土地，所以决定留**下。其实不仅仅是韩国人，这里也日渐成为一个现代化国际商务区和

热闹的虹泉路也吸引了来自世界各地的朋友，中外不同的文化都能在这里碰撞交融，各种语言、肤色，都能在这里找到一方自己的天地。

休闲区。热闹的虹泉路也吸引了来自世界各地的朋友，中外不同的文化都能在这里碰撞交融，各种语言、肤色，都能在这里找到一方自己的天地。

吃饱喝足后，我和闺密一起来到不远处涂鸦墙下的舞台前。多支风格各异的乐队演奏着追星女孩们熟知的韩剧主题曲和韩国偶像单曲，躁动的金属鼓点，清爽的流行音乐，将最燃、最热、最潮的韩系元素带入夜市中，为空气中浓郁的食物香气添加了一勺名为激情的"佐料"。

1000多米的虹泉路，为闵行的夜晚涂上了五彩斑斓的色彩，看着鳞次栉比的摊位和摩肩接踵的人群，相信人们对于夜晚的热情从未减少，也愈发觉得，无论是谁，来自哪里，都能在这里找到自己的热爱。 CS

只是因为浪漫

马茜淼

　　"在律所能穿得这么漂亮吗？那我下次可以穿粉色的衣服上班吗？""可以啊，颜色是无所谓的，款式正式一点就可以了，你随心就可以了啊。"韩剧《触及真心》里，男女主角在车内愉快地讨论着电影的内容，暧昧期独有的愉快氛围在小小的车厢里散发出来，让我这个单身族诞生了一丝想要恋爱的欲望。暧昧浪漫的氛围、私密的环

电影开场之后，仍有不同型号的车陆陆续续进场。他们淡定自若的样子让我感觉他们不是来看电影，而是来享受氛围的。

境，这是我对汽车影院的第一印象。

托我爱看电影朋友的福，她听到我想体验韩剧中浪漫的氛围，兴冲冲地就开始在各种社交平台上搜寻汽车影城。我朋友是一个十足的电影爱好者。她最喜欢的就是在不同场景下感受当下电影能带给自己的最独特、最难以忘怀的感受，汽车影院也是她必打卡的场所之一。经过多方位攻略，最后我们定下了距离不远的——格里芬汽车影城。

南方的夏天潮湿烦闷，夜晚才是室外活动的好时间，伴随点点星光，朋友带着我，我带着食物，前往了格里芬汽车影城。伴随着微凉的晚风，去体验夏日夜晚的悠闲与浪漫，也满足一下自己对于甜蜜爱情的幻想。

随着导航的指引，我们进入到一条叫作曲吴路的小道。曲吴路路旁的白墙上用鲜红的大箭头指示着影城的方向，避免观影者开过头。影院的停车场很大，里面分为AB两个银幕，我们根据公众号推送的每周影片预告选定了位置便开始了观影前的准备。

格里芬影城位于梦谷，这里是一个文化创意产业园区，听说这里

　　用橙色系装饰的厂房，色彩明快与蓝天白云很搭，一度成了网红景点。环顾四周，我找到了网上说的那面巨大的粉色墙，墙的周围停放了很多老爷车，复刻洛杉矶的复古格调。天气好的傍晚还能看到粉色晚霞，墙壁与天空融为一体，是值得亲眼见证的浪漫。

　　等待电影开场的时间是漫长的。在周围忽明忽暗的车灯衬托下，我陷入了沉思，从我来到上海这座城市后，我越发地会注意到身边的小细节，越发地会从平淡的生活中找到一些浪漫雅致的东西去治愈自己。**与那些让人向往的影视剧看齐，用艺术作品去治愈每日浮躁的心情**。就像现在，我与朋友虽然不像韩剧中的男女主角一样充满暧昧的气息，但我们愉快的氛围是只多不少的，喝着自带的可乐，吃着味道比较大的榴莲比萨，大声地探讨这部影片的幕后黑手是谁，这难道不是独属于我们的浪漫吗？

　　电影开场之后，仍有不同型号的车陆陆续续进场。他们淡定自若的样子让我感觉他们不是来看电影，而是来享受氛围的，享受一种在车水马龙的城市里能片刻停留的特殊感，享受不需要回到家就能带来的归属感，享受这座包容的城市所带来的不同文化的浪漫。

寻找一种属于你的味道

尤佳诚

　　说起红酒，立马会脑补画面：法国某个庄园中大片大片的葡萄园，古老酒窖中混着酒香、木香，整齐摆放着大片橡木桶……各种"高大上"，各种距离感。殊不知，在闵行就有着上海葡萄酒品鉴中心，原来红酒文化离自己这么近！

　　在上海，喜欢葡萄酒的人数不胜数，据说大大小小的葡萄酒窖有4000多个！每个葡萄酒商家，几乎都是一个小小的收藏家。不过，要说起葡萄酒收藏的品种全、数量多、规模大，那就只有位于北翟路上的上海葡萄酒品鉴中心。因其建筑外表是大红色，所以有人也称之

"红房子"。这栋颇有设计感的红房子静静地坐落在闵行西北角、虹桥机场附近，温柔地迎接着一批批慕名而来的朋友，幽幽暗香让人心醉。

葡萄酒起源于波斯，古代有一位波斯国王，爱吃葡萄，曾将葡萄压紧保藏在一个大陶罐里，标着"有毒"，防人偷吃。等到数天以后，国王妻妾群中有一个妃子对生活产生了厌倦，擅自饮用了标明"有毒"的陶罐内的葡萄酿成的饮料，非但没结束自己的生命，反而异常兴奋，这个妃子又对生活充满了信心。她盛了一杯专门呈送给国王，国王饮后也十分欣赏。自此以后，国王颁布了命令，专门收藏成熟的葡萄，压紧盛在容器内进行发酵，以便得到葡萄酒。

当然，这样的故事已经无法考证其是否属实，但葡萄酒的美味，却是让人回味无穷的。

"摇晃的红酒杯，嘴唇像染着鲜血。那不寻常的美，难赦免的罪。"萧敬腾的《王妃》展现一种满屏霸道的征服欲，里面的红酒也充满着张力。

红酒的力道有刚有柔，看酒也看人。每一种葡萄酒都有自己的味道。不同的年份，不同的发酵环境，不同的温度，乃至于品鉴者不同

> 红酒，不局限于表达品质的尊贵，有时它就是生活中的优雅浪漫与自由不羁。

的心情，都将带来不同的口感体验。那么，哪一款是你的style（风格）？

上千平方米的酒窖储藏室以及葡萄酒品鉴专业设施，都能让你尽情领略到世界上各个葡萄酒起源地的异国风情，当然还有国粹——张裕葡萄酒。

在这个典雅奢华而又美轮美奂的葡萄酒品鉴胜地里，一场浪漫唯美的爱情大电影正在拉开帷幕……漫步其中，就能深刻感受到，工欲善其事必先利其器，要做到专业的葡萄酒品酒师或者资深爱酒客，除了有一个敏感的舌尖，还必须拥有专业的设备，这样才能让人信服！

这个适宜的空间内，提供专业品酒会的接待服务。可以通过预订，组织自己的品酒会，以酒会友，浅酌生活优雅。

红酒，不局限于表达品质的尊贵，有时它就是生活中的优雅浪漫与自由不羁。平日里，这里也可以举办个人派对或书法交流，借着法国优雅浪漫的气质，大可在这浓郁复古的红酒文化中感受其曼妙滋味。面对葡萄美酒，浅尝微醺才是最惬意的享受状态。

不攀比，不计较，潜心追寻自己中意的口感，寻找到那一支只为你而来的红酒。 CS

我与未来有场约会

钟 合

站在艾厂的水雾之中，我与未来进行了一场约会。

经同行的友人告知，这里是曾经的莘庄工业区热供一站，自 1996 年成立至 2014 年停运，一共运营了 17 年。向上海市莘庄工业区内近 30 家重点企业以集中供热方式 24 小时不间断提供蒸汽，供热半径大

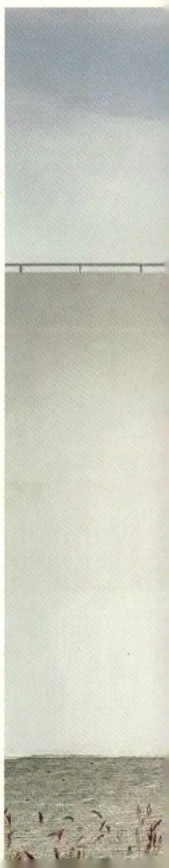

于 5 公里。**在城市改造、工业转型中，它如同城市日记，凝结记录了光阴的痕迹、工业的气息。**

带着一访"国内首家人工智能艺术机构"的好奇感进入，迎面而来一座"腾云驾雾"的巨大艺术装置，高达十米，是艺术家利用人工智能算法生成的"新昆虫"，仿佛天外来客，以如此巨大雕像的形式呈现眼前，科技与神秘感被成倍地放大。

星光点缀下的黑夜，被点亮的"新昆虫"在灯光衬托下，变得愈发奇幻。打眼一看，这一在当下的生活无处可寻的超现实标本，与原本热供站遗留下来的工业厂房形成了鲜明的对比，一股时代的冲击感直击大脑，仿佛同我绘制一幅通往未来世界的图景。

进入艾厂这一特殊的"美术馆"内，在一堆冰冷的钢铁架构之间，一群翩翩抖动翅膀的蝴蝶不停变幻，斑斓的色彩与各异的外形犹如幻梦。听着耳边环绕的语音介绍，这些由人工智能自动模拟生成的"虚拟蝴蝶"，生成品种总量大大超过了地球现存蝴蝶的品种，

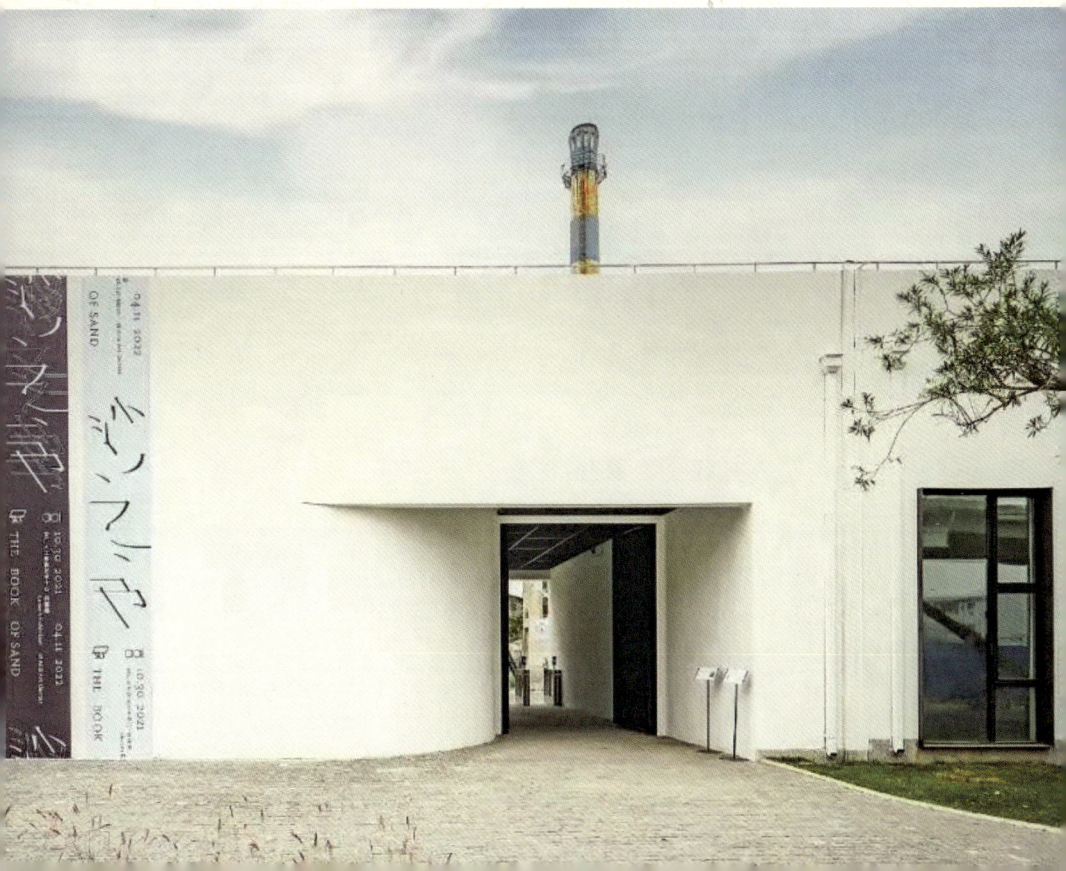

每一只都是独一无二。假想获得自己独属蝴蝶的人，不小心将这特殊的蝴蝶照片删除，是亲手扼杀了一个"物种"，还是经历了一场幻梦，令我这个"科技门外汉"不禁暗自思虑起存在的荒谬。

"好的反义词不是坏的，而是更好的。"我也拜读了博尔赫斯的《沙之书》。它描绘了一本看似普通，却"像沙一样无始无终"的书，它的纸页会在翻阅中不断增生，直达无穷。这虚构的魔法令主人公为之着迷，又感到难以名状的恐惧，恰如害怕人工智能高效无限的生产力使我们成为它的"俘虏"，却同时又担心它仅会检索、增强人类现有的观点，并进行排列组合，而不具备"真正无限的创造力"。

一面是工业时代的废墟遗址，另

星光点缀下的黑夜，被点亮的"新昆虫"在灯光衬托下，变得愈发奇幻。

一面则是新兴时代的人工智能。艾厂在平凡无奇、朴实无华的工业废墟中，创造出一幕幕高度幻想化的虚虚实实。理性现实与感性憧憬如追星赶月般交替出现，思绪不禁拉回到了那个移动互联网还没有出现、人们大都能够专注于眼前事物的年代，如今科技智能方便生活，日复一日的"碎片日常"也随之拼凑出一个"五彩斑斓"的碎片化人生。

"它是火——燃烧我，而我就是这火。"正如博尔赫斯所说，这一前身为"热力供应站"、如今揭秘人工智能艺术的趣味与创造张力的艾厂，在过去的废弃之中探索未来的无限可能，构建了一个诗意想象的艺术空间，继续输出光和热，换个方式再"加薪"。 C

是"零"，也是无穷大

马逸亮

老闵行过去工业（尤其是重工业）聚集，譬如四大金刚之类，漫说在附近，即便在全市也享有盛名。大零号湾也不例外，过去曾是一个工业聚集区。随着时代的变幻，老闵行的重工业发展

大零号湾是一个没有明显界线的
地区。它没有一处标识、一处围
墙能够明明白白地告诉你：这里
是大零号湾了。

渐渐有些力不从心，大零号湾也日渐萧条。

　　几年之前，我大学是在奉贤念的，每每从老闵行去奉贤海湾，都必然会途经大零号湾。对于这片地方，要说陌生，数年来其中建筑风景见过数百回，但若要说熟悉，一则每次都是坐在汽车上浮光掠影地一瞥，从未真正在大零号湾的园区内走过，二则当时附近时常筑路修整（后来才知道是在各种改建，为大零号湾做基础建设的准备），整个大零号湾仿佛也蒙上了一层灰扑扑的面纱，教人提不起兴趣来。

　　前段时间，机缘巧合之下，我在网络上偶然看到了大零号湾的资料——"大零号湾以改善创业环境、促进大众创业、优化创新环境、促进万众创新为宗旨""打造创新创业全产业链的孵化服务"……一连串"高大上"的名词让我对现在的大零号湾产生了浓厚的兴趣。

　　再见大零号湾，首先的印象是与之前全然不同的光彩。虽然天气炎热，大零号湾中游人与工作人员都寥寥无几，仅有的几个人也全都顶着烈日步履匆匆，但是一幢幢富有现代气息的建筑依然宣示着自己的宣传语所言非虚。

　　沿着剑川路由西向东漫步，一栋外观颇为现代化的楼房首先映入眼帘，外墙远观仿佛是一排排栅栏，走近后仔细观察才发现，原来是一根根立柱包裹住了玻璃幕墙。对于建筑学，我是说不上来什么的；但是看着它的外观，却仿佛感受到了一种特别的气息。立柱作为装饰，古希腊就有了，举世闻名的帕提侬神庙就是一例。不过这里的立柱造

型，相较传统欧式建筑，风味全然不同，隐隐间散发出一股现代化的气息。视线下落，看到它的外侧竖立着"大零号湾科创大厦"几个大字，竟突然有一种理应如此之感——基于古老传统发扬出来现代感，不正是科创的最佳注脚吗？后与友人言及此"发现"，友人大笑道："只怕又是郢书燕说了。"

大零号湾是一个没有明显界线的地区。它没有一处标识、一处围墙能够明明白白地告诉你：这里是大零号湾了。然而，当漫步在一栋栋楼房之间，看着两侧的"科创大厦""文创公司""科技有限公司""研究院"……时，你绝不会怀疑，自己已经身处于创业园区之中了。一个视觉上开放的园区，我想在心理上也一定能给人一种更加开放包容的心态。

一个原本萧条没落的工业区，从零开始，能够成长为一个具有无穷发展潜力的现代创业园区，我想这种永无边界的进取心态一定是其中的秘诀吧。🅲

踏莽

朴蕴留香

时间的刻度，藏在建筑的一砖一瓦间。岁月流金，蕴纳芳华。修其形态，褪其青气，藏其气韵。

得林园典雅，流觞更带江南韵。

寻陈迹暄妍，兹游朗日新春色。

在这里，寻找"上海之本"

子 欢

　　这里官方名字叫"上海马桥遗址"，但我倒是觉得把它称为遗址公园更贴切些。比起一般的公园，遗址公园似乎少了很多生气。"遗址""考古"，在很多人看来，和这些词相关的应该是土堆、废墟、残垣断壁，因此遗址公园也总免不了颜色单调、枯燥乏味，游客在其中难以寻得花情柳态之味。然而，当我们开始探索花木之下的土地，遗

他们带着一份对吾乡吾土的热爱和自豪，追寻着上海先民5000年的足迹，还有"上海之本"的历史过程。

址公园的韵味却要比土地上的物色浓烈得多，深厚得多。

马桥遗址在北松公路上竹港河边。北松公路曾是连接沪闵公路通向松江的主要干道，在20世纪30年代刚筑成时，叫"上松路"，意思是上海到松江的路。而南边数公里处便是当地人口中的"老闵行"，是孕育"四大金刚"神话的沃土。20世纪50年代，当机器的轰隆声响彻云霄，**工业生产的热潮在这里蔓延时，也许还没有人意识到他们脚下踩着的竟是5000年文明存在的确凿证据**。直至1959年12月此地发现陶器残片，1960年上海重型机器厂终止在遗址上施工，抢救性发掘工作随即展开。

机器与文明的一次碰撞打开了地下的大门，"马桥文化"——第一个以上海考古遗址来命名的考古学文化，将它所有的故事和风土人情都写在了马桥遗址里。

马桥文化的组成以南方印纹陶传统为主，同时融合了本地因素、中原地区的夏商文化，以及山东半岛的岳石文化等多种文化，它反映了马桥文化时期上海地区多元文化的特色。故而，考古学者们认为，如果说崧泽文化是上海之源，广富林文化是上海之根，那马桥文化就是上海之本，都是古代上海文化的根脉所系。这三大古文化，好像是构成"沪"字的三点水，缺一不可，共同创造了上海古文化的辉煌，表明上海参与了中华文明起源与形成的共建进程，简而言之，三大古文化，"共同形成了上海文化的源头"。

马桥文化，既是远古上海走出历史低谷的起点，也是远古上海开始向近现代国际大都市攀援上升的原点。马桥文化开放、多元文化融合的特征，在某种程度上成为上海城市精神"海纳百川"的最初源头。

当然，遗址里并没有想象中考古现场的荒凉，虽少有窈窕之花，但草木郁郁、流水碧色，确有种街心公园的形态，显得十分秀气清雅。小道两边竖起石墙，墙面凹凸不平，曲折蜿蜒，芳草盈阶；草径幽深处是茂密竹林，竹影如帘，草亭若隐若现。亭上悬挂一块匾额，上面写的可能是陶文，不知是不是"马桥"二字。草亭傍水，池水清可漱齿，令人心中透亮，池中又有石墙矗立，长短不一，如明净的秋山，不时传来山水清音。

这里是古代海岸线——冈身形成的地方，有着上海逐渐形成陆地的印记，先民们曾在这里依水而居，繁衍生息。大多数人进入公园最主要的目的不是赏景，而是参观马桥文化展示馆，一个可以拉近游客和马桥文化距离，让马桥文化不再是考古学晦涩语的地方。

展示馆几乎每天都会迎来一批又一批参观团队。讲解员短短几十分钟的讲解每天都被重复着，在不同的人群中传播，又被不同的人理解与吸收。**他们带着一份对吾乡吾土的热爱和自豪，追寻着上海先民 5000 年的足迹，还有"上海之本"的历史过程。**

　　馆内来往的参观者一直没有间断，馆外的公园却因人影稀疏显得更加幽静。走在青林间，空旷的公园让我顿觉文明的脆弱，如果没有马桥文化展示馆，马桥遗址是否会被人所熟知？马桥文化又是否能被更多人理解？全国各地大大小小的遗址成千上万，有的一直活跃在公众的视野里，有的则被时间的流沙毫不留情地掩盖了。尽管它们一直呼吸如旧，不疾不徐，不悲不喜，但我们每一个人对我们所处群体和环境的探索却是天生热烈的，我们在遗址中看到过去和未来，在泥土的滋味中学习生命延续的真理，也理应为保持遗址的强大生命力而不遗余力。

　　在不远的将来，"马桥文化考古体验中心"还将在马桥遗址附近落成，我们与这片土地的关系将更加密不可分。　CS

手狮一舞动四方

钟 合

　　中国传统的舞龙舞狮想必大家再熟悉不过了。逢年过节，各地都
会有舞龙舞狮的表演助兴，那眼睛一开一合舞动着的狮子随着强烈的
锣鼓声，和着音乐的节奏晃动着大大的脑袋，情至高潮时狮子的嘴巴
里还会吐出一副对联。

> 在节日里，色彩斑斓，凹面凸额角的狮子
> 展现在众人的眼前，随着锣鼓声舞动，增
> 添了不少欢快与喜庆的气氛。

　　然而手狮舞和传统印象中的舞龙舞狮不太一样，传统的舞狮需要两个人配合着控制一只狮子，而手狮舞是由两根长棍撑起一个狮子道具，表演的时候只需要单人手执着两根长棍，就可以演出一只活灵活现的狮子了。有些经验丰富的老师傅往往只要一执棍，狮子道具就仿佛注入了灵魂一般生动可爱。

　　在节日里，色彩斑斓，凹面凸额角的狮子展现在众人的眼前，随着锣鼓声舞动，增添了不少欢快与喜庆的气氛。像这样的场景，对于马桥镇上的居民而言并不陌生。这得益于出生在 1870 年，重视习武、酷爱手狮的钮永建。20 世纪初从政时，身为马桥人的他逢盛事必邀手狮表演，促进了手狮舞的传承。

　　狮子在古代是人们眼中吉祥的象征，有钱的大户人家往往会在家门口摆放石狮子以祈福纳财。所以，手狮舞在所到之处都受到了村民们的热烈欢迎。历经百年变迁，马桥手狮舞的兴盛离不开优秀的手狮舞者，赵雪林是马桥手狮舞上海市级代表性传承人。在他眼中，手狮是世上最珍贵的宝贝，关于手狮和手狮舞的每一个细节他都了如指掌。赵雪林很早就开始学习手狮舞表演。在前辈们的指导下，舞狮技艺不断提高，又在各类活动演出中增加了舞台表演的经验。他所在的手狮舞表演队坚持苦练基本功，不断提炼和规范舞蹈动作，吸取各地舞龙的翻滚、跌扑等基本技巧，丰富手狮舞的粗犷勇猛又刚柔相济以

及注重细腻动人的表演风格，具有独特的海派风采。2007年6月，马桥手狮舞被列入首批上海市非物质文化遗产名录。2010年6月又被列入第三批国家级非物质文化遗产名录。

传承手狮舞，所要面临的问题也很多。比如人员流动频繁、平均年龄偏大，团队成员舞技和专业训练不过关，等等。在当地政府的推动鼓励下，马桥又增加了多支手狮舞队伍。其中有一支专业的手狮舞表演队，既适合舞台表演又可以在广场上娱乐；其他还有几支业余的手狮舞队伍，成员均来自机关条线和村镇手狮舞爱好者。

手狮舞的表演也诞生了许多优秀的新节目，比如《狮舞情韵》《狮舞魂》《狮腾鼓悦》等等。他们在韩国演出时，受到了观众的热烈欢迎。每当气势磅礴的醒狮鼓声响起，引狮人手持绣球，引出欢腾的一群手狮竞相玩耍。狮舞人欢，富有情趣，韩国观众的欢呼声、掌声此起彼伏，这个场景让表演者们至今都记忆犹新。

强恕学校是马桥镇的一所百年老校。马桥手狮舞的发扬者钮永建先生与这所学校有着很深的渊源，所以强恕学校的学生会在课堂上学到手狮舞技艺。经过一年的学习，表现优异、具有潜质的学生会入编手狮舞队，接受更专业的训练，参加各个活动和比赛，为非遗的传承注入更多新鲜的血液和力量。

　　走进强恕学校里的马桥手狮舞艺堂，展厅"麻雀虽小，五脏俱全"。**舞狮道具一个个张开大口，凹面凸额角，双肢抱绣球，摇头甩尾巴，活灵活现地展现在眼前**。观览这些手狮舞道具、舞者演出服、扎制的狮子框架，以及一些演出的照片，更增进人们对于手狮舞的认知和喜爱。

　　手狮舞也是与时俱进的。手狮舞的发展与扎制狮子的技艺息息相关。扎制技术也算得上是一项宝贵的非物质文化遗产，的确，传统手艺人难觅，手狮舞道具的材料也有所变化。虽然马桥当地有制作狮子灯的手工艺人，但是这些狮子灯无法应用于手狮舞。大力发展手狮道具的扎制技艺迫在眉睫。如今，在学校老师的带领下，狮子道具的扎制培训也如火如荼地展开了。有专业的手艺人教授人们手狮舞道具的扎制技艺。同时，手狮的形象也在原来的基础上做了美化和调整。扎制完成一个手狮舞道具很不容易，特别是还有能让狮子的眼睛翻动等等这样的小细节，让人感到极其震撼。

　　在当下愈加快节奏的社会之中，人们似乎很难再专注一件事，总会有那么多的事情让我们分心。当我们静下心，沉浸地投入扎制技艺中，仿佛也重新找回了聚精会神去做好一件事情的专注力。

　　手狮一舞动四方。🅲

一丝一弦，穿越千年

徐静冉

"南敦煌，北朱雀"，这句话里蕴藏着一种浪漫。

不明白状况的人乍一听这句话肯定是一头雾水了，心想敦煌位于我国西北，而朱雀是中国古代神话中的一种神兽，无论如何都不可能对上这句话。但倘若是接触过民族器乐的人，一听便会会心一笑，因为这说的正是南北两派知名民族乐器品牌：敦煌牌和朱雀牌。

我读高中时，报名了古筝学习班，每个周末都要去琴房练习，那时最心心念念的，就是拥有一架敦煌牌古筝。**敦煌筝琴音高亢、穿透力强，且琴弦富有张力，代入感极强**，最适合演奏我喜欢的曲目类型，但价格上也比同档位的贵一些。后因离家上大学、工作，好几

追根溯源，传统民族乐器拥有长达8000年的悠久历史，一梁一柱、一丝一弦、一孔一轴，皆充满着先人的智慧。

年没再碰过琴，这件事也就这样不了了之，但这个念头仍会时不时跳出来。

前往上海民族乐器一厂前，早听闻厂区内除了有供顾客体验和直营的门市部展示厅以外，还另设有一座民族乐器陈列馆，但此馆只在每周二向公众开放，此番前去，倒像是到"圣地"朝圣一般。

上海民族乐器一厂成立于1958年，最早厂区设在莘庄镇，2003年搬到了文化气息更为浓厚的"千年古镇"——七宝镇，与周边的麦可将文创园区、七宝老街、闵行区博物馆等形成了七宝人文旅行体验的一个闭环。

尽管只是一个拥有65年历史的企业，但是承载的海派乐器制作技艺已经有200多年的历史了；追根溯源，传统民族乐器则拥有长达8000年的悠久历史，一梁一柱、一丝一弦、一孔一轴，皆充满着先人的智慧。

早在厂房搬迁时，一些具有收藏价值和历史价值的乐器被捐献给了博物馆。而后随着越来越多人对民族文化的认同加深，对民族文化尤其是非遗文化感兴趣，展示记录整个海派民族乐器制作技艺的民族乐器陈列馆应运而生。

陈列馆占地面积约400平

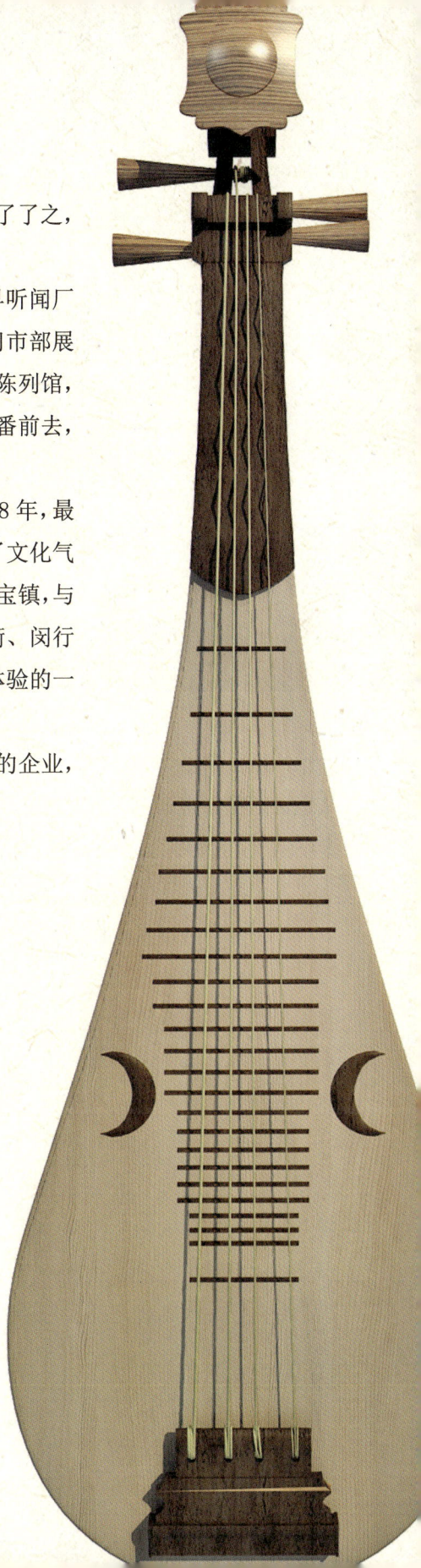

方米，馆藏乐器200余件。一楼进门便可看见一整面墙的敦煌壁画，从遥远的莫高窟到身处其间的上海，神秘、浪漫、悠扬的曲乐文化汇聚在这里。

为了合理利用空间，每个展厅的墙壁和展示柜的玻璃都做了曲面处理。由外向内望去好似旧时园林庭院里的拱门，呈现出温柔且包容的姿态。展品摆放的位置十分讲究，同一个系列的乐器、同一个类型的乐器高低错落。须得从一侧慢慢欣赏过去才更有感觉，越细就越能察觉出传统乐器制作技艺的精妙之处，若只站在门口匆匆一瞥，观赏的感觉便会大打折扣，不是那个滋味了。

背靠传统，走在时代前列。你既能在各大非遗展、文创展、老字号展、轻工业品牌展示活动上看到上海民族乐器一厂的身影；也能在央视看到其拍摄的纪录片；还能在诸如哔哩哔哩、抖音等视频平台云逛展，听专家讲座，看到最时尚、最炫酷的表演。

用一句话形容就是：他们在传承非遗的路上，走得有点"野"。 CS

沪谚，侬晓得几句？

钟 合

"大家好，吾叫獬豸。"今年的浦江端午文化节，一只可爱的神兽獬豸携着一口吴侬软语与闵行的朋友见面，也掀起了一番沪谚热。（在沪语中，"獬豸"读作"xiā zā"，在浦江本地话中，又叫作"骱"，沪语发音"jiá"，是很棒、很聪明、很厉害的意思）

沪谚被视为上海语言的精华，也是海派文化的亮点，那么沪谚就是上海谚语吗？

似乎不会有疑义，但是细究沪谚的由来和内容，两者并不完全相同。准确地说，沪谚是上海谚语中积淀最厚实的那一部分。沪谚的语

言表达方式多样，修辞手段丰富，既不忌土气，又讲究机趣，话语"煞根"到位，又充满善意。沪谚的流行地区，主要以原上海县及周边地区为主，采用的是老派上海方言，可称是"老的老上海"谚语。

上海开埠以来，上海市区的方言经历了剧烈的演变。在它吸纳和融合其他语言特征的同时，其音系也大量简化。久而久之，"上海话"与"老上海话"分道扬镳。然而老上海话至今仍存在于浦江，上海市民称它们"本地闲话"。本地闲话，成了上海语言发展演变的见证者。

沪谚是沪语发展中留存下来的活化石。作为本地的谚语，听来和我们现在说的上海话不一样，**它生动记录了以前上海的市井生活，也饱含着生活的智慧，而这沪谚的发源地就在闵行区陈行地区**。著名的《沪谚》及《沪谚外编》，100年前诞生在当时的上海县陈行镇上。陈行镇是"上海县城隍老爷"秦裕伯的故乡。当地人以朴实直率又充满机趣的言语浓缩当地风土人情，评论世态善恶美丑，反映各自喜怒哀乐，调节周边人际关系，既富有口头文学的独特魅力，又凸显当地百姓的智慧和美德，使这里成为沪谚大量积淀的宝地。

来自日常生活的沪谚，自然也少不了教导他人的警示名句，"少年爱游荡，中年想掘藏，老来做和尚"，警示人们千万不要少时不努力，老来只会一无所有。又如"临时抱佛脚，越抱越蹩脚"，如果没有长远打算，临渴再掘井，必然一事无成。"勤烧香，勿如敬爷娘"，告诉我们尊敬父母、孝敬父母的道理。

作为一项口头文学,沪谚的保护与传承绝对不同于"技能类""曲艺类"等可见、可动、可表演的项目。说沪谚首先要会说沪语，随着普通话的普及，现在说沪语的人也越来越少，小孩大都不会说沪语，而沪语沪谚说得很溜的人，却已经都五六十岁甚至以上了。"沪谚"的传承成了一个难题。

沪谚也在求新，浦锦街道将非遗在社区的触角进一步延伸，将非遗沪谚与热门话题反诈宣传相结合，展现用身边的话术提醒身边人不要受骗的场景。推出沪谚反诈短视频，用接地气的方式加强人民群众

作为一项口头文学，沪谚的保护与传承绝然不同于"技能类""曲艺类"等可见、可动、可表演的项目。

的反诈意识，也提升人们对非遗沪谚的认知度。

文创是时下流行的一大时尚，沪谚茶罐、沪谚香囊、沪谚剪纸等一系列文创产品的出现也推动了沪谚的传承。最为出彩的便是文创者将其与"獬豸"巧妙结合起来，推出了"獬豸咖啡四季主题"，一边喝咖啡，扫一扫季节卡片上的二维码，能听到有关四季的沪谚及释义。它也与众多非遗老字号一起，在第五届进博会的"非遗客厅"进行了展示，这也是闵行区唯一一个"非遗美食"类展示项目。咖啡是外来的，但手中的这一杯却是"沪谚味"。

浦江镇各个居委会、村委会开设沪谚讲座和沪谚知识竞赛，"沪谚"传承人会为社区群众提供生动直观的沪谚非遗体验，张石明和周曙明两位传承人的"沪谚传承"课程也被列入浦江镇社区学校课程菜单。

在沪谚濒危的现状下，生长在闵行这片土地上的孩子们，需要去接触沪谚，喜欢沪谚，学说沪谚，保护好浦江文化的"土特产"。

呼吸慢慢，留在漆栖河畔

钟合

采一束夕阳，剪一缕清风，拂过水面，伴鱼儿自在徜徉，屋顶尖尖，飞入星空疏朗，静静窗外，流转四时浪漫。

千年的故事，笔尖流淌，肆意的华彩，绕过尘世，将眼波层层晕染。茫茫思绪，化作茶香一盏，呼吸慢慢，留在漆栖河畔。

驾车从人民广场出发，沿南北高架一路前行约 35 分钟，眼前一派田园风光。碧草如茵，野花摇曳，树林蔽日，夏季黄浦江畔的浦江郊野公园内，洁白剔透的"漆栖——国家非物质文化遗产脱胎漆器文化体验馆"，隐藏在宛如田园油画的丛林美景之中。

千年的故事，笔尖流淌，肆意的华彩，绕过尘世，将眼波层层晕染。茫茫思绪，化作茶香一盏，呼吸慢慢，留在漆栖河畔。

2021年4月，一座由国足门将颜骏凌担任"非遗文化传播大使"的非遗文化体验馆正式对外开放，吸引不少正在浦江郊野公园内骑行游客的目光。

由于受到祖父和父亲的漆艺熏陶，李杰从小就对漆器有着特殊的情结。李杰的父亲，是国家非物质文化遗产脱胎漆器髹饰技艺的首位代表性传承人李波生先生。50多年来，李波生先生一直在老家江西鄱阳默默坚守传统髹漆技艺。看着年逾花甲的父亲日渐老去，祖传的漆艺事业却难有起色，李杰和弟弟李春决定，在上海为父亲设计建造一座漆艺文化体验馆，让父亲将漆艺事业迁移到上海，这样既方便就近照顾父亲，又可以利用自己的专业优势，为非遗漆艺文化注入创新元素。

这座名叫"漆栖"的建筑，在绿树掩映之下，洁白无瑕的建筑显得谦逊而脱俗。"漆栖"从设计到落成，前后耗时两年，凝聚着李杰和"漆三代"们的创意和智慧，承载着他们对非遗漆艺创新发展的愿景，更寄托着李家三代一脉相承的漆艺梦想……

进入一楼展厅，便看到国家非遗传人李波生先生的上百件典藏漆器作品、珍贵历史文物资料；二楼的亲子非遗体验空间内，早有家长带着孩子共同聆听中国大漆的精品微课，学习中国传统文化知识，并在老师指导下齐心创作一件私人漆器。**拾级而上，漆栖三楼共有六间客房，全部采用坡屋顶设计，呼应田园村落的"建筑原型"。坐在三楼的休闲平台，与家人朋友一起，倒一杯清茶或美酒，欣赏朝霞落日，畅聊人生趣事。**

刚开始的一年，漆栖更多专注于静态的非遗文化深度推广。2022年悄然华丽转身：一场漆栖夏日市集在森林树荫下悄然铺开，文创手作市集、漆艺体验、美食美酒、露天电影、露营体验、桨板体验等，让参与者大呼过瘾。

衣着靓丽的年轻人在文创手作集市共享亲手制作的工艺品，十多个孩子在碧蓝色户外泳池体验烈日下的水上狂欢，精致露营的别致造型引得当地村民驻足观望，而身穿橘红色救生衣的桨板爱好者正在西侧直通黄浦江的小河上挥桨前行……

闲坐落地窗边，尽览田园自然风光，夜晚伴着星空入梦，清晨在如画的风景中醒来。最好的生活，只为遇到最懂的你！ CS

墙内墙外，都是人间世

子 欢

　　第三次进普慈疗养院的时候已经很从容了，没有保安再跟我强调"只准走大路"，也不会因为在路上碰见工作人员就怕被拦下问"喂，你是干吗的"，更不会仅仅因为与窗内人对视一眼便惴惴不安。这无端的畏惧和揣测来自由来已久的偏见，殊不知高墙深院内，往往真人间。

　　普慈疗养院内的人间在一堵西式门墙内，因为是 20 世纪 30 年代的建筑，风格迥异于一般医院。疗养院经常被当作"美"的欣赏对

象，列入建筑范本或是建筑摄影的取景地。路边高大葱郁的香樟树在墙面上投下树影，疏密之间可以看见一层浅浅的"SHANGHAI MERCY HOSPITAL（上海普慈疗养院）"，墙体顶尖上的"1934"，以及中间题额为繁体字样的"上海市立精神病医院"，这些被历史风沙逐年侵蚀的标记，如今成为我们了解普慈疗养院的各个切点：1934 年，上海著名慈善家陆伯鸿募资创建普慈疗养院；1935 年 6 月 29 日下午 3 时举行开幕礼，普慈疗养院正式开业；1937 年 11 月，淞沪会战进入关键时期，日军侵入北桥，普慈疗养院因系天主教会管理，成为抗日战士短暂庇护地，疗养院总务科长凌其瑞更是舍命与日军周旋，为战死国军义葬立碑。这些都是那面门墙内的故事，一些有幸被记录在册的历史真相，也是我们在砖泥瓦缝中能窥探到的微小细节。

　　1952 年疗养院改称"上海市立精神病院"，直至后来成为上海市精神卫生中心闵行院区。院内道路清幽，花木繁盛，南北各有一个中式园林和西式花园。园林内步移景异，修竹森森，寥寥岩壑，西南和东南两端分别立着黄石白虎和灰石青龙。石阶上琉璃亭孤立，四面清风，竹分影凉，一座曾任疗养院院长的白景明墓碑隐没其间，似乎有意避开喧嚣，甘于寂寥，不禁令人感慨，周遭几经变迁，唯有陵墓曾

> 因为清一色的清水红砖，它们被大部分人称为"红房子"，高窗明净，窗台上横卧的几只猫咪暖暖地晒着太阳，窗内的绰绰人影成了红房子里的"笼中鸟"。

无改移。西花园除了现作为康复中心使用的教堂外，外围由整齐的绿篱包围，中间有圆形喷水池，水池四周塑有兽首，据说整个疗养院的四个方位角落分别有青龙、白虎、朱雀和玄武的雕像，玄武便在水池底部，需抽干水才能看见，但朱雀现不知在何处。事实上，整座医院经历多次改造翻修，很多景致都是后添的，也有不少建筑景观悄然化为风沙泥土，不知所终。

一晃多年，疗养院门口的那条沪闵路都被加高了好几次，形成高坡，而院内那九幢二层病房楼以及一座教堂，却成功抵挡住了时间的侵蚀，成为疗养院保存最完好的建筑。因为清一色的清水红砖，它们被大部分人称为"红房子"，高窗明净，窗台上横卧的几只猫咪暖暖地晒着太阳，窗内的绰绰人影成了红房子里的"笼中鸟"。在纪录片《人间世》中，那些向往自由的"鸟儿"有的在这里告别青春，有的在这里安度晚年，有的在这里收获爱情，有的在这里学会技能，他们每一个人都成为红房子的一部分，并将自己的故事写在墙上，"金丝鸟啊金丝鸟，在那里鸣叫歌唱""到此一游""绝望中包含着希望"……

当我近触墙面，并不感觉拥有近百年历史的红砖斑驳厚重，因为真正沉重的是砖墙的另一面。⑤

"一号路"上老饭店

赵 韵

　　对老底子的上海人来讲，时至今日仍习惯性地将江川路街道及周边的区域称作"老闵行"，而提到"老闵行"，头一个想到的就是"一号路"。20世纪60年代上海出产的笔记本里，有上海十大著名景观

的插页，有外滩、南京路、国际饭店……，其中一页就是当时刚刚建成的闵行一条街。许多家住市区的上海人就是通过这本笔记本和当时铺天盖地的新闻知道闵行"一号路"的。

说起"一号路"的由来，不得不提起那个年代的历史背景。中华人民共和国成立后，百废待兴，国家急需从一个农业大国转变为工业强国，因此，大力投入重工业建设。1958年，被称为"共和国工业长子"的"四大金刚"——上海电机厂、上海汽轮机厂、上海锅炉厂、上海重型机器厂落户闵行。而闵行，也因此成了中华人民共和国第一座"卫星城"。

作为中华人民共和国的第一座花园饭店，闵行饭店1959年7月3日破土动工，并于国庆十周年当天正式对外营业。饭店的七楼，是放眼闵行"卫星城"的最好瞭望台。当年，要看闵行全景，这里是最佳位置，不仅可以俯瞰闵行一条街，把这座工业新城尽收眼底，甚至

时光荏苒，不同的时代自然会有不同的人、不同的故事、不同的回忆。幸好闵行饭店的青鱼划水还是有着原来的味道。

闵行饭店视频

还可以远眺吴泾化工区。闵行饭店建成之初是不对外开放的，主要接待首长和外宾，这一观光平台也成了当时闵行饭店最佳的打卡点。来闵行一条街参观者，人山人海。"四大金刚"如果有外来联系工作的人员想住宿，必须凭工厂介绍信，饭店才予以接待。

闵行饭店的第一任经理胡铨原先是在上海市区搞公安工作的，1958年，他被组织派来负责闵行饭店的筹建。在当时，上海为了加强涉外饭店的保卫工作，涉外饭店的经理几乎都有从事公安工作的经历。

1961年10月的一天，胡铨突然接到通知说全国人大常委会副委员长郭沫若第二天要来闵行，他迅速派人买来文房四宝，做好准备。第二天，郭老偕夫人登上饭店屋顶平台鸟瞰"一号路"全景。放眼望去，高耸入云的烟囱和鳞次栉比的厂房饶有气势地屹立在黄浦江边。郭老诗兴勃发，赋诗一首——

不到闵行廿四年，重来开辟出新天。

万家居舍联霄汉，四野工厂冒远烟。

蟹饱鱼肥红米熟，日高风定白云绵。

谁能不信工程速，跃进红旗在眼前。

　　六十多年前，当时的年轻人也曾兴致勃勃骑着自行车来到这条街上，观赏这条中华人民共和国首屈一指的大街，并以身为上海人、闵行人而无比骄傲。

　　斗转星移，今天的年轻人已不知道当年的故事，在他们看来，此时的闵行饭店似乎有点老了，有点俗了，也有点旧了。**可走进现在的闵行饭店，酒店内部与印象里中规中矩的老式建筑已迥然不同，大堂挑空的设计，彰显出现代酒店的气派和稳重，加上大理石铺就的地砖，散发古典优雅的气息**。大堂与花园透过水景将内外景全方位地融为一体，让身处其中的旅客，犹如置身于大自然中。登上饭店的顶楼平台，六十多年前闵行一条街的盛况早已被茂盛的参天香樟遮住了视线，取而代之的，是越盖越高、鳞次栉比的楼房。

　　时光荏苒，不同的时代自然会有不同的人、不同的故事、不同的回忆。幸好闵行饭店的青鱼划水还是有着原来的味道，还有草头圈子、八宝辣酱、响油鳝糊、香酥鸭。这些浓油赤酱的本帮菜美味，在几代厨师的传承中，更加炉火纯青了。看来，不管在哪个时代，不管是文坛巨匠还是平民草根，对美食的追求都是一样的。🆖

走一遍水博园，
就像读了一本故事书

子 欢

　　韩湘水博园的地理位置很特殊，在江川路的最西边，过女儿泾便是松江地界，南边紧挨黄浦江。这决定了园林和水的关系密不可分。向东开车 10 分钟就到了闵浦三桥，5 分钟过桥便是奉贤了。这样的

位置可以说它偏，但换个角度讲，却有着"小隐隐于野"的耐人寻味之处。

有水就有桥，虽是水博园，可说它是"桥博园"也不为过。园中以石桥为主，共二十余座，每隔二三十步便有一座，有的桥与桥相连，有的隔水相望成趣，其外形、布局、装饰各不相同，桥的曲折、坡度、栏板、柱头、拱门也各有特色。细水涓涓架石梁，桥墩撑高以保通航；阔流之上多拱桥，拱门为单数，形状则有半圆和多边；再者曲桥几折，或连廊亭，或接楼阁，皆蜿蜒多姿。至于清溪点步石，小河架木板，是桥在功能性方面最直接的体现，呈现出一座桥最原始、自然的美。本来嘛，最初人们为了过河，一块长木或是几个石头便可成为一座桥。

桥是一项工程，也是一片风景，几乎所有去过水博园的人，都免不了要在桥上留影。晨曦暮霭，天连芳草，竹翠枫丹渲染了一片意境，

细细读下来免不了要感慨，人生短短几十年，竟有千万种爱恨情仇，世间之事虽曲折，但终是有始有终。

人行桥上，在有意无意中看见远处亭子里探出一个人，多行几步，与迎面而来的人打个照眼，再走几步，人隐在古树枝叶中，忽而又出现，进入柳暗花明的境界。**在园中大大小小的建筑群与古树中，桥成为一个有机的组成部分，它的诗意就在于它从来不是独立存在的，在虚实、借景中引发人无限遐想**。"你站在桥上看风景，看风景人在楼上看你"，难怪在江南水乡，一座桥能点缀移步换影的景色，也总能引发一段极为动人的故事。这些故事有的是沧桑，有的是深情。

走一遍水博园就像是读了一本故事书。"醒狮""含碧""香泾""丰泽""平安""环秀""泰顺""明月""益民""咸泰"……每一个名字都包含着一种感情，有抵御外敌的英勇气概，有开垦荒地的艰苦奋斗，有亲人之间的血脉之情，也有男女之间的爱慕之意，还有更多关于官场、乡邻、朋友的故事，历史，神话传说。细细读下来免不了要感慨，人生短短几十年，竟有千万种爱恨情仇，世间之事虽曲折，但终是有始有终。

韩湘桥是众多古桥中具有代表性的一座，相传八仙之一韩湘子在此地有过一片很大的宅院，韩湘桥、韩湘水博园便据此为名。韩湘子的传说一直流传甚广，水博园这块地方原本就叫作韩仓（后与彭渡村合并，统称为彭渡村），而我在前往水博园的路上，还发现了叫"韩家里""韩八房""韩家宅"的地方，或许都与此故事有关。其实，关于韩湘子的传说事实如何，无人得知，但有时事实并不重要，神话传说皆不可考，却拥有着强大的凝聚力量，它早已流进这里村民的精神血液，成为这片乡土的文化基因。

一座桥的寿命就是一个故事的寿命，它是历史的"见证者"，也是过桥人记忆深处最美的一道弧线。听说这些桥原先大部分散落于江南村落，历经风雨、无人问津，有的甚至已经坍塌，桥石散落，后经有心人寻找、修复，才得以集中收藏于这一园中，有了今天我们所能看到的这些景致。

这是水博园中山映斜阳、渔舟唱晚的另一面。

杜行还在

子 欢

　　早晨八点，一大拨电动自行车夹杂着少数几个行人，从杜行轮渡站涌出。冷风萧瑟，头不自觉地缩在衣领里，两手握紧缩进袖口，再塞进上衣口袋。骑电动自行车的渐渐消失在远方，大部分步行的人走了几分钟便停在一边的公交站台等候，只剩下我和一位大爷沿着沈杜

公路朝着杜行老街的方向走去。大爷走得很快，似乎对这条路很熟悉，刚进入老街，一个拐弯就不见了人影，而我站在老街的分岔路口，等着人声，等着犬吠，但老街终究像还没睡醒一般沉寂。**一排排房门紧闭，高墙内听不见动静，唯有院内藤蔓攀上墙头，好似古朴的屏风。**

老街很大，分南北街、东西街和中街，南北窄短而东西绵长，姚家浜河沿着东西街蜿蜒流淌。顺着河道向东走到尽头是长寿禅寺，那里曾是杜行的东庙，后改建为小学，今又重新建庙，那片土地也算是经历了一场轮回了。巧合的是，在西街尽头也曾建有学校和教堂，即杜行中学（后为浦江高级中学）和杜行天主堂，只是随着老街的衰落和人的逐渐搬离，中学成为周边几个村委的办公场所，杜行天主教堂也被上了门锁，深掩于迷离杂草之中。废弃的教学楼爬满了爬山虎，深秋时节。爬山虎尽是枯萎的落叶，教学楼因此产生一种郁郁苍苍的感觉。不远处是闵浦大桥，隔岸相望的则是吴泾热电厂，两个大烟囱矗立在厂房空隙间，更显得有点不真实。

老街街巷幽远狭窄、曲折蜿蜒，通道仅宽 1 米左右，身处其中就必须耐心走下去，有时眼看着前面没路了，走到近处，一拐弯，又是巷陌深深，颇有种"山重水复疑无路，柳暗花明又一村"的意味。不高不矮的围墙内，建筑层次不一、风格各异，千百房屋竟无一雷同，无论走多远，走多久，都极为舒心。门头檐下木雕有精致有朴素，门槛有高有低，屋脊有五脊有卷棚顶，有徽派马头墙有观音兜山墙，有绞圈房子有走马楼。我在西街甚至还发现了一座二层的红砖西洋房，原为民国时期的滨浦乡公署，后在此开设中国农业银行上海县支行杜行营业所，门楣上"中国农业银行"六个字清晰可见，门窗和墙面皆装饰拱券。

南街上的赵家宅院是老街上少有的绞圈房子，极具特色的"粉墙黛瓦观音兜"引人入胜。还未进门，门前的家犬一直猖猖叫唤，主人并不出来制止，我和同伴也只能试探着走进去。前屋可走的地方很窄，一张木桌上的大铝盆里盛放着剁碎的家禽饲料，"文物保护单位"的刻碑被钉在墙上的两个石柱上，隐藏在一堆杂乱的竹竿木头后面，如果不抬头仔细观察，也就错过了。一位婆婆坐在天井择菜，身旁是用缸片、瓷片、红砖拼出的"瓶升三戟"（寓意为"平升三级"），屋

> 重门叠户，野草闲花，燕子低飞，寻觅旧家，这是老街的悠然动人之处，虽然它一直被动接受哀乐兴衰，但留在这里的人仍愿意将全部感情赋予它。

檐下竹竿为线，挂满了刚洗的衣服，天井四周绿植花草清新，为古建筑增添自然野趣。跟婆婆聊天时，她并没有我想象中的热情，有一句没一句地答应着，只是在说到房屋时一个劲地抱怨装修费太贵，几年前花了四五万找苏州的人修建屋顶，对这个家庭来说着实到了伤筋动骨的份上了。总有摄影家过来取景，也总有投资者来查看，人来人往让她感到烦躁，在她眼里，这只是住的地方，她只想住得更好。

重门叠户，野草闲花，燕子低飞，寻觅旧家，这是老街的悠然动人之处，虽然它一直被动接受哀乐兴衰，但留在这里的人仍愿意将全部感情赋予它。杜行老街唯一一盏霓虹灯在巷子深处闪烁，上面写着"晨平宾馆"，招牌下，一个拎着公文包，脖子上挂着工作牌，耳边正听着电话的女人匆匆走了出来。宾馆旁边通向杜行菜市场，五颜六色的瓜果蔬菜、活蹦乱跳的鱼虾让周围忽然明亮开朗，**这里的生活没有光鲜亮丽的外表，有的只是柴米油盐、奔波劳碌的本来质地**。一股子生气从菜市场向四周蔓延。巷子里有人在倒车，因为巷子窄，车子周围围满了人，你一句我一句指挥着，终于还是开了出去。有人在装修老屋，据工人说那是旧时杜行最大地主的宅院，足有八个门面，正打算重新修缮做他用。杜行中学虽然破旧，但老街上的人不以为意，结成团体在操场上打太极。

夕阳影里，讳莫如深，深入其境，才知别有天地，仍是人间。

站在塘桥上望东望西

小 满

上海是一座与水结缘的城市。

就地名而言，一个"海"字如此，一个"沪"字也是如此。

而地处江南，便与水乡挂上了钩，所谓"春水碧于天，画船听雨眠""天共水，水远与天连""江南可采莲，莲叶何田田"……在这些描写江南景致的诗词中，水似乎永远是主角。而马致远的那句"小桥流水人家"更是情景交融，心物合一，让江南水乡在文字上有了具体的呈现，构成了一种动人的艺术境界。出生于元代的马致远是北方人，他的这首《天净沙·秋思》勾画的是一幅悲绪四溢的"游子思归图"，但就凭着"小桥流水人家"这六个字，成为很多文学作品中描绘江南时的经典引用，因为它实在太契合水乡的气质了。

古代的上海地区，"因水成陆，因水聚人，因水立业，因水定村，

蒲汇塘桥上每天人头攒动，摩肩接踵，桥下静静流淌着的便是千年之河蒲汇塘。

蒲汇塘视频

因水建镇，因水兴市"。由于水系发达，于是有关水的名称也特别多，在上海常听到的有江、河、浦、泾、沟、塘、港、浜、湖、淀、泽、荡、湾、汇等。当然，与水有关的典故趣闻更是不胜枚举。

说到江、河，在上海鼎鼎有名的自然是黄浦江、苏州河。黄浦江是整个上海的母亲河。作为一条多功能的河流，千百年来，黄浦江在静静流淌中绵绵发展，两岸荟萃了城市景观的精华，成为一条具有浓郁海派特色的文化长河，散发出生生不息的人文气息。而苏州河对沿岸的居民来说，也是刻骨铭心的。她是上海最初形成发展的中心，催生了几乎大半个古代上海，后又用 100 年时间搭建成国际大都市的水域框架，她也是上海近代民族工业发展史的最初见证。

"山随平野尽，江入大荒流。"河流穿过乡村、荒野、城市，最后百川归一汇入海洋，无不见证着所经之地的文明与发展。**一条河流不仅流过空间，滋润着沿岸的土地，养育着沿岸的人们，同样也穿越时间，无形地记录着古往今来，背负历史中的国运兴衰、名人轶事与文学艺术的创作**。总有那么几条河，因其"水脉合着史脉"，观尽沿河的沧桑变迁，形成独特的文化视角，遂而成为一个地域的标志。

蒲汇塘就是这么一条河。蒲汇塘位于上海市的西南方向，跨松江、闵行、徐汇三区的部分地区，不算长，不到 20 公里，但它却是上海

西部一条重要的河流。旧时，今闵行虹桥、长宁新泾、徐汇漕河泾一带，不是被命名为蒲淞区，就是被命名为新泾区，而这都与蒲汇塘和附近的新泾河这两条河流有关。蒲淞即为蒲汇塘和吴淞江的合称，蒲汇塘的中段在闵行区的七宝镇。在这个千年古镇上，有一座横跨两岸的三孔石拱桥——蒲汇塘桥，是明正德十三年（1518），由当地人徐寿、张勋筹资建成，距今超500年。曾备受战火洗礼，几经修缮，屹立不倒。早在1963年就被列为县级文物保护单位。

如今，蒲汇塘桥上每天人头攒动、摩肩接踵，桥下静静流淌着的便是千年之河蒲汇塘。站在桥上，望西，是松江的九亭镇、泗泾镇。望东，则是闵行区的虹桥镇，徐汇的田林和漕河泾街道。蒲汇塘西起松江蟠龙港，自四水会波的泗泾之地起东流不息。细细探究，这里水脉相通、文脉相连、人脉相亲，有着农耕文明时代的足迹，使得具有鲜明地域特色的江南文化得以传播和弘扬，同时这里也有着近现代社会发展、东西方文化交融的印痕，是从闭塞乡村走向文明城市的希望之河，找到了通向光明的去路，海派文化熠熠生辉。

可以说，蒲汇塘一路上所经之处无不是人文荟萃之地。一条并不

宽阔的河正因为蕴藏了丰富的文化历史底蕴，从而变得卓尔不凡起来，让潺潺流水声也如此清灵。

更令人肃然起敬的是，蒲汇塘还散发着"红色文化"的光芒。解放战争期间，国民党军队在蒲汇塘沿岸构筑了绵延数十里的碉堡阵地，在攻克过程中，许多解放军战士英勇牺牲，倒在了中华人民共和国成立的前夜。

所以蒲汇塘是值得后人为她树碑立传的。

人在河边上生老病死，河带来了生命，也送走了生命。**千百年来，蒲汇塘带给两岸生机勃勃、物种丰富的自然环境，也穿过一个个依水而建的集镇，如同绳线穿过一颗颗明珠**。蒲汇塘的意象融进了这个地区人类文明的血液中，也寓意着丰沛情怀的流动，象征着时间不断向前，岁月悠悠中，事物虽变幻无常，但那抹温情却依旧留存。

蒲溪之水荡荡，乡愁融在蒲汇塘中，更赋予了深厚的人文禀性。这条永不停息的河流抚慰着人的心灵，成为一种久久不灭的精神图腾。🅲🆂

街巷已无，独留一座庙

子 欢

一块白纸板上用毛笔字写着"白沃净寺"，按照这个指示牌在一片菜园旁便能找到白沃寺。第一眼看到它，就认定这是一个能待上一下午的地方，不是因为它有咖啡馆和书店一般的优雅舒适的环境，恰恰相反，它很偏僻、破旧，但也很安静、朴实。一圈竹篱陋舍，草木浅深青碧，院外燕紫莺黄，寓目之处都是关于农家闲逸的想象，令人

比起僧人和村民，这些小动物
似乎更加离不开白沃寺。它们
在一呼一吸的鼻息里悟禅，在
一闭一合的瞥视中洞见。

暂时忘记艳俗。

常见的寺庙是纵轴式的，一条轴线上依次是山门、天王殿、大雄
宝殿、藏经楼等，其中大雄宝殿最重要，建筑也最有观赏性，但在白
沃寺中，这一切常规设置都变得无迹可寻。白沃寺没有山门，由天王
殿兼顾，寺庙的殿堂布置也不在一条轴线上，而是将四周农舍改建，
灰墙上漆黄色，按顺时针方向依次设殿，墙上还标记指示箭头，明
示礼佛的顺序。除念佛堂面积稍大外，其余佛殿面积大小和摆设基本
一致。

白沃寺没有楼阁，没有金佛彩塑，没有精雕细刻的供桌，甚至除
了天王殿上"白沃净寺"的匾额，其余殿堂均只在墙上用印刷黑色字
体写上殿堂名称。最可爱的是大雄宝殿门口立着的两只陶瓷小狮子，
仅有一般石狮四分之一大小，有着说不出的灵巧和乖顺。左边小狮子
下有一块裂开的石碑，刻有《顶修宇庙碑记》。文中内容多不可辨认，
最后刻碑日期为"乾隆十年"（1745），依此推断建庙时间应在此之前。
右边狮子边有一块元宝石和上马石，大概是流落于周边村庄的古物，老房拆迁后辗转存于寺庙之中。众多殿堂中有一老爷殿，供奉着两对夫妻，这是我在其他寺庙中从未见过的，后经询问，得知是因为杨大郎与杨五郎曾在此与敌交战，后人感怀他们的英勇便在此祭奠。这段历史难以考证，只当是一段美谈听听吧。

有人说白沃寺是上海最低调的寺庙，又有人说它是世外桃源，其实过多的赞誉反倒失了它简朴的本质。大概是因为在纷纷扰扰的现代都市中，大家看多了高大雄伟的寺庙，偶见一座小庙倒觉真切。更难得的是它远离城市而又隐于田园之中，庙外菜园可供师傅自给自足，庭院中红翠相间，淡香清新，隐隐扑鼻。寺庙中还收养了很多猫狗，谁进来都不叫唤，只慵懒地睡觉打滚。门口负责登记的居士告诉我，这些流浪狗和猫是周边拆迁后才出现的，都是找不到家或者被人遗弃的，有时候还会看见它们坐在蒲团上，真的就像出家了一样。它们离人间很远，也离人间很近。

寺庙所在地原属于联盟村，这里原有一条热闹的街巷，紧靠着沙港河，街不长也有十几家商铺，那时白沃寺比现在的规模还要小，但香火一直都持续着。后来，因建设上海旗忠森林体育城而征地，该拆的拆，该搬的搬，只剩下这座庙和这些猫狗。"因为大家都离不开，村里的人需要寺庙。"白沃寺就被保留了下来，还得到了进一步修建，寺庙中的猫狗也从一只两只变成了五只六只，比起僧人和村民，这些小动物似乎更加离不开白沃寺。它们在一呼一吸的鼻息里悟禅，在一闭一合的瞥视中洞见。

再听念经声，玄音浮浮，声出天上，一时清净无碍。

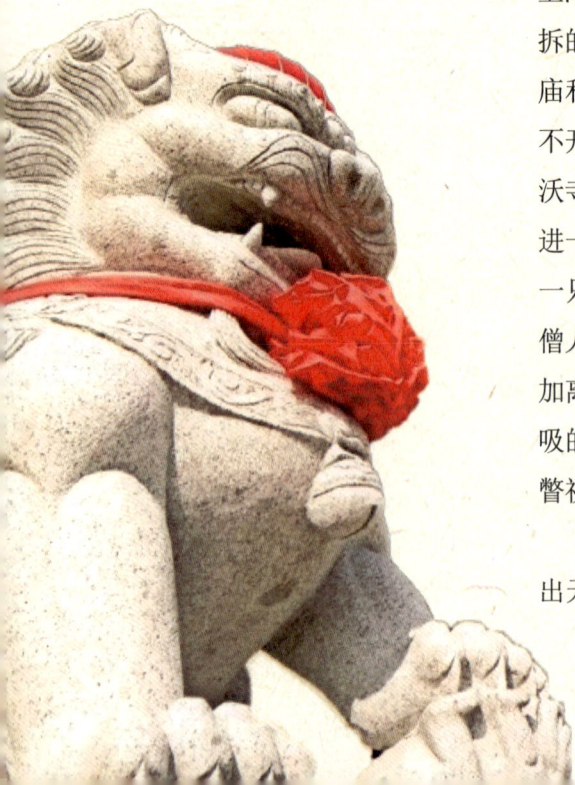

集镇不在，紫藤依旧

子欢

　　两次去古藤园都是阴雨天，沿着临沧路一路向南。据说，这里曾是一片热闹的集镇，街面有一株明代嘉靖年间诗人董宜阳手植的紫藤，紫藤浓荫如盖，故名为"紫藤棚"。

　　如今，集镇不在，紫藤依旧。当地在对紫藤棚进行修整之后，以古紫藤为主题，建起了古藤园。园中花卉绿植多样，白玉兰、桂花、蜡梅、垂柳、红枫、榉树、青桐、罗汉松等可多达百种。其中最著名的就是那棵有近五百年历史的古紫藤，也被称为"宜阳古藤"，为沪上紫藤之最。民间流传，清代乾隆皇帝下江南时，曾拴马于此古藤下。园内浮雕《乾隆拴马图》讲的就是这个故事。

　　我第一次去古藤园的时候，正是4月花季，大片大片的紫藤花随藤蔓铺开，蝶形花朵成串下垂，万千花穗若紫色瀑布，悬挂云木。紫

藤架下，有不少摄影师上下左右寻找最适合的拍摄角度，亦有游客争相留影。再次去古藤园已是深秋 11 月，虽然紫藤花谢，但园林的优雅明净更突显了出来。植物多为橙黄、褐黑、深红等黯幽色彩，墙壁以灰白为主，配列漏窗，清幽尽致，人为之美皆与环境调和，深秋之景在这园子中逐渐有了禅意。

古藤园是一种典型的江南园林，园中布景皆富随意之趣。小池自然，上跨石梁，名为"崇德桥"，仅 3 米左右，高出水面数寸。池周垒石为岸，修木灌丛深浅相映，杨柳低垂落入水中，弄皱一池水。方寸之景有无限之境，尤有山林之色。林中有亭，为"望海亭"，当然此时即便站在亭顶也无法望海，只因在上海成陆前，这里曾是一片古海岸沙冈，流经古藤园的那条河也因此被命名为"沙港河"。沧海桑田，"望海"算是跨越时空的一种精神体验吧。

"庭院深深深几许"，古藤园深豁洞壑，新意层出。小道打破对称，迂回曲折，空间有畅通，有阻隔，远处之景时常出人意料地出现在镂空的门窗或院门中，引发看景之人更多的想象和情感。松林深处有"紫云阁"，隐约看见一位护园老者坐在门口的木椅上，旁人无法打扰他的清净，只有木桌上的一碗茶了解他的心思；石桥上一家人走过，孩子停下要看水中的鱼，母亲则指着远处，枫叶正红可比花更浪漫；耳边传来笛子的声音，不知是谁在有感而发，纵情吹奏，虽无高山流水之意，但也有小桥流水之情。

再走得深些，便可探得秘境。宋代八棱石井栏、清代单门二柱三顶式积翠坊、三门四柱五顶节孝坊等文物均列园中，为园林更增添了一份地方文化底蕴和历史厚重感。古来石质建筑以其雕刻彩绘出彩，牌坊虽已被时间侵蚀渗出青色，棱角磨损至圆滑，但上面的龙凤纹饰、花木鸟兽仍清晰可见，过往跃然其上，历史被来往的人传读。

多年之后，怕是再也没有人知道"紫藤棚"，唯有这片土地的魂——古紫藤长盛不衰。🅲🅢

诸翟的那座关帝庙

子 欢

　　"诸翟到了。"在老一辈人的眼里，这一片统称为诸翟老街，曾经是，现在也是。东街和南街、北街分别被称为"紫堤路""紫苑路"

和"诸翟西街"，往西则直接进入"诸翟巷"。我没有在这里生活过，也没有见过老街的繁华，对我而言，**诸翟意味着什么呢？可能更多的是一段关于责任、理想与气节的故事。**

　　弘光元年（1645），清军南下，上海县人侯峒曾奋起御敌，嘉定城破后，侯峒曾不堪外辱投池自尽，两个儿子也相从而死。这是侯氏一门保家卫国英勇就义的一个片段，其背后是家族几代人的忠义悲歌。斯人已逝，如今在闵行与这个故事紧密相连，被大部分人所熟知的就是诸翟关帝庙了，它由侯峒曾四世祖侯廷用所建，初为家祠，内设关圣帝君，取名"关武安祠"。自此关帝的忠义和坦荡在侯家有了回响，他们历代高风亮节，得万世清名，而我也因为这些保存至今的历史遗迹，这些还流传的传说故事，与诸翟多次产生交集，重新认识这一片地区——大虹桥里的小诸翟。

"九重宫阙晨霜冷，十里楼台落月明"，初见关帝庙，你一定会被它的华丽彩塑和复杂构造所吸引。正殿为关帝殿，屋顶重檐，四角上翘，虽凝固却显露出蓄势欲飞的动态，檐上铺红色琉璃瓦，屋脊上立脊兽神灵，檐下横梁上雕有金色花卉、龙凤祥云，正脊上题"道炁常存"。这四个字中间有两位兵将骑马赴战的石雕，我猜想大概与侯峒曾的故事是有关系的。关帝殿内高堂邃宇，正中供奉的关公身披金袍，英姿勃发，令人肃然起敬，墙面绘有彩色壁画，是"桃园三结义"和"忠义昭日月"的故事。登上阁楼仿佛进入洞天幽境，即将开始一场参道之行，走过桥关可见金字隶书"昨天""今时""明日"，抬头看见横梁上的一行字，隔一个字便正反颠倒，想要完整地读完这句话需要费上一番功夫，其中深意就依据各人理解了。

因为是工作日，庙中人不多，但有位香客过生日请道士做道场，庙中顿时多了不少灵气和神性。道士一直持续不断地吟唱，反衬四周清静，窗格倒影、古树摇曳，抚慰内心的聒噪不安，薄烟缥缈，风旋余烬飞向空中，一种浓重而灵秘的情绪油然而生，使我幽然意远，漠然神凝。庙内卖香烛的阿姨，在众多道士中来回走动，清理杂物，于周围的事物不闻不问，显得泰然自若。

诸翟，一个只有少数人姓诸或者翟，而大部分人姓侯的地方，在先辈们故事中找到支点，多年如一日，默默对着永恒。

　　关帝庙经过了一次次的灾难，又在一次次的扩建翻新中依旧能在废墟里重生。听说乾隆五十年（1785），庙中新建戏台，有匾曰："古今鉴"，这三个字足有穿透力，既是那身"要留清白在人间"的傲骨使我敬畏，又是那份"看明世事透"的淡泊释然让我平和。这三个字下，节义傲青云的故事被一次次上演传唱，乡人们便在这里接受着关帝文化之外的本土精神内涵。

　　诸翟，一个只有少数人姓诸或者翟，而大部分人姓侯的地方，在先辈们故事中找到支点，多年如一日，默默对着永恒。关帝庙西诸翟巷的尽头，一座重新修建的鹤龙桥豁然出现，它横跨小涞港，在粼粼水光中倒映出古老而苍劲的身影。传说侯峒曾父子离家之前，曾走上鹤龙桥，拜别侯家宗祠，毅然出征支援嘉定。而今拾级踏桥，回望不见关帝庙，只看见老街家家户户鳞次栉比，层层屋檐下，老街的生活还在继续。 ▣

黄浦江畔，犹闻"龙音"声声

子 欢

　　龙音寺的位置很奇妙：从新闵路走，可穿过一片老小区，在一片悠闲的生活中抵达寺庙；从浦江路走，沿着黄浦江边一路向东，则会在沿岸的住宅和厂房"围城"中发现它。

　　龙音寺原名"观音阁"，建成之初位于横泾东路，距离横泾汇入黄浦江的入江口不远。据说清乾隆年间，有观音菩萨像从黄浦江漂来，当地人为此建阁供奉，后来又有白蛇由观音阁潜入浦江，尼僧见之，认为是白龙现身，便请人雕刻楠木龙头一尊，供奉在阁内。于是，在1937年观音阁重建之时，改名"龙音寺"，取"观音来此白龙现身"之意。再到1995年，龙音寺南迁至今天的位置，紧挨着黄浦江，山

　　百年一日，江水潮起潮落与寺内晨钟暮鼓应和，当地人把对黄浦江的感情投射于龙音寺，是以香火不断，此后几经修缮，雕梁画栋，愈加金芒照耀。

门楣联"龙渡浦江……，音传梵天……"仍然延续着这个故事。**百年一日，江水潮起潮落与寺内晨钟暮鼓应和，当地人把对黄浦江的感情投射于龙音寺，是以香火不断，此后几经修缮，雕梁画栋，愈加金芒照耀。**

　　整座寺庙为二进三层格局，天王殿隐于山门之内，三层主殿在其后，两侧是地藏殿和药师殿，殿内四壁供满了不到一尺高的小佛像。主殿一层明堂高阔，是平时用来做功课和开设法会的龙音讲堂；二层钟楼和鼓楼分别嵌于大雄宝殿两边，错落有致，别具匠心；三层藏经阁并不对外开放，似是寺中弟子研读修行的地方。无论是佛学还是寺庙建筑，我都是一知半解的人，走过龙音寺，只觉得满眼霞光流碧，气势恢宏。锦云圆拱下，大佛威严端坐，翛然出尘；佛坛精雕细琢，刻有神态迥然的小佛，高不逾尺，工艺精美细致；屋顶众彩焕烂；供

桌镂金铺翠;还有梁柱、吊灯、栏杆等无一不是巧夺天工，蔚为壮观。以至于后来每每提到龙音寺，心中不仅充满敬畏，对建造寺庙的能工巧匠更是钦佩。

　　大雄宝殿后是僧尼住所，外墙有一块闵行区文物保护点的牌子，写着"亦庐旧址"。关于"亦庐"，资料极少，只有上海地方志中提到说是20世纪30年代的建筑，建造时为富家民居，为中西合璧式庭院住宅，至于房屋主人、具体建筑特征都没有确切的说法。后来询问寺中义工，她们也知之甚少，只知道"亦庐"是现在龙音寺的一部分，原先是红墙黑瓦，后龙音寺重修，将其丹垩一新，改为黄墙黄瓦，屋顶也做了相应的改建。现在小洋楼已无踪迹，但熟悉老闵行历史的人都知道20世纪初叶，这一带是黄浦江和横泾的人口密集区，也就是我们现在所说的"闵行老街"，因为拥有重要的轮渡口，多棉花米行、竹木建材和船上用品店，一时间商贸繁盛，风月无限，吸引了众多名流贤士在此经商幽居。**于是现今只凭着"亦庐"两个字，大概也就能想象得到屋檐之下，曾经那段"谈笑有鸿儒"的生活光景、佳友妙人登楼远眺江水的旷达之情。**

　　如今，登临龙音寺，幽立高空，俯眺喧杂，尤有身在尘外之意。Ｓ

难忘今"宵"

郑迪茜

　　小时候，最怕过元宵，一过元宵寒假便至尾声。可参加工作后，元宵节的概念渐渐模糊，因为盼不到元宵，我便踏上前往异乡的旅程，也很难再感受到传统年味带来的惊喜感。

　　今年过完春节假期，从老家回到上海，复工后的第一次拍摄在莘庄。结束了白天的工作后，部门里的小伙伴们组织着，在附近的仲盛找了家火锅店聚餐。饭后一走出商场，迎接我们的不仅是冬日里的瑟瑟寒风，还有随处可见的点点星光，灯光不仅将街道点缀得靓丽缤纷，

也点亮了夜色。

　　路边的大型灯组营造了一派祥和喜庆的氛围，我们一路走一路观察沿街的灯组。在街边兴致勃勃地讨论这些形态各异的"小老虎"的，可不只是我们。还有很多路人和我们一样被它们吸引，兴奋地拿着手机拍照，记录着憨态可掬的虎宝宝和霸气十足的山中猛虎。各式各样的老虎花灯，还有莘庄标志性的"梅花"和吉祥物"莘宝"让来来往往、结伴而行的游客都沉浸在温馨热烈的节庆氛围里。

　　我们一直沿路走到了春申湖广场，红红火火的灯笼墙、对联柱直接将喜气洋洋的氛围感拉满。阖家团圆、游人如织，大家纷纷招呼着家人一起拍照留念。"来来来，看这里！""好看，再来一张！""笑一下！"这样的声音在广场里此起彼伏。在一个个镜头里，游客纷纷为身边的家人好友定格下最美的笑颜。也有不少游客顺手将自己的得意作品上传，参与线上摄影大赛，毕竟动动手指就可能得大奖的福利，谁能不心动呢！

　　除了视觉上的满目花灯、流光溢彩，小朋友们在"快乐音符"灯组下，跑跳着嬉戏，用欢快的脚步弹奏着虽不流畅，但却足够雀跃的音符。看着他们乐在其中的样子，让人不由得想起了小时候自己玩纸

花灯的兴奋模样，虽然灯的形式，随着时代发展发生了变化，但是在灯光映射下那份纯粹童真的幸福依旧未变。

整个广场最吸引人目光的还得是春申湖上绚丽的水幕灯光秀，这场"初心百年·启航'莘'路"为主题的庆典，以夜空为幕、灯光为景，喷泉、音乐交相辉映。湖的中央，一艘写着"踔厉奋发，笃行不怠"的船舶，仿佛正在等待新年号角。流连驻足在湖边的游客都不由得发出赞叹，沉醉在璀璨光影里，感受生活中的小确幸。置身其中的我，也不自觉地流露出对美好生活的愿景。元宵，虽是春节的落幕，却依旧是一年中第一个月圆之夜，美满而充满希冀。

家门口的灯会，不仅对接了元宵赏灯这个古老的文化传统，烘托了浓浓的年味，更是唤醒了我们内心深处对这座城市的热爱、对生活的热爱。

作为来到异乡的年轻人，对传统节日的期待和感受早已淡薄，但这种仪式感满满的活动无疑会让我们更好地感受传统节日的热烈氛围，让古老而优秀的文化，在快节奏的现代生活中被更多人所珍视。◎

月满马桥

和"董其昌"相约中秋夜

姚佳妮

　　"人道秋中明月好，欲邀同赏意如何？"中秋佳节承载了中华文化千年情怀，寄托了思念、思乡之情。寄情于月，截至 2023 年，闵行中秋活动已连续举办了 17 年，2012 年起由马桥镇承办。往年每逢中秋，韩湘水博园内便高搭拜月台，盛邀八方客。皓月当空，皎洁的

银光倾泻大地，在古朴的生态园里奏响一曲马桥明月夜。2023年的"月满马桥"则别出心裁，以"沉浸式体验400年前的中秋夜"为主题，让市民跟着明代书画巨擘董其昌在马桥景城文化中心一探明代中秋的人间烟火色。

对董其昌这个名字，许多人是不陌生了。他"天才俊逸，少负重名"，书画"始以宋米芾为宗，后自成一家，名闻外国"，是晚明时期德高望重的文坛领袖，艺术成就令人瞩目，被奉为"南宗云间书派鼻祖"。但或许并非人人知道，**董其昌就出生在马桥，是的的刮刮的马桥人，可谓是马桥"头部"文化名人。让董其昌成为中秋夜的主角，深化本土文化符号，弘扬本土文化，展示江南中秋习俗特色，可以说是再合适不过了。**

步入"月满马桥"主会场的景城广场，入口处的水雾门仙气飘飘，一下营造出朦胧月宫的感觉。举头可见高挂的层层帐幔，发光的诗词灯，花坛绿植间是星星点点的各色灯球，地面上投射着古雅的水波纹、

"月满马桥"字样的圆月光影或古诗词。油纸伞、竹桌椅、灯笼架等一系列国风装饰，巧妙地打造出一个灯火烂漫的古风场景，将绮丽的明代中秋夜景再现。在"霓裳羽衣"点位，游客可现场租赁服饰，古韵十足的汉服一上身，"代入感"顿时扑面而来，仿佛已置身400年前。

晚上6点30分，"月筵良辰"主舞台演出拉开帷幕，马桥镇国家级非遗项目《马桥手狮舞》热闹开场，一鼓响，狮起舞，万众聚，慷慨的击鼓将舞狮表演气氛推向高潮。随后的节目中，有江南评弹与流行原创歌曲《秋兴八景》的别致对话，还有戏歌《广寒宫》的婀娜舞蹈。

这场以明朝书画大家董其昌为主题的游园会，还结合了当下年轻人喜爱的沉浸式体验的形式。董其昌携妻龚婉琰和族中长辈、诗人董宜阳，好友、江南大儒陈继儒等一众亲朋好友中秋游园，不料，集市太热闹，董其昌与妻子走散了。活动以此故事为背景，6位NPC（非玩家角色），散布在各个点位，以常驻和定时互动的形式，串联起"幔亭会兮""临池闻墨""隐约其词""月占秋风"等多个打卡场景。

由中国诗词大会第六季总冠军陈曦骏扮演的董其昌，协同族内长辈董宜阳，在"月筵良辰"与游客对诗飞花令。来到"临池闻墨"点位，董其昌好友，同为明代文人的陈继儒正引导游客制作尺素。在"月

占秋风",古灵精怪的玉兔NPC为游客发放红丝带,游客可系带祈福许愿。游客若想抽取字谜卡猜字谜,不妨去往"隐约其词"找董其昌夫人龚婉琰一较高下。

《浮生六记》中曾有对吴地风俗"走月亮"的描述——中秋日,妇女是晚不拘大家小户,皆出,结队而游,名曰"走月亮"。晚上7点45分,以嫦娥为首的全体NPC亮相"月筵良辰",带领一众市民游客手持灯笼,走桥过市,月光照人,洒下福祉,复原"走月亮"的习俗。

据记载,古时中秋节那一天,街市上的商家摆满了各式各样的货物,让人目不暇接,谓之"歇眼"。此次"月满马桥"活动期间,特设有"歇眼寻秋"的点位,以国风雅集"马桥有好市"来还原商业繁茂的"歇眼"盛况。

"马桥有好市"的摊位也都悬挂着麻布制的古风店招旗帜,不少摊主还别出心裁地一袭古装打扮。美食摊位汇聚了马桥豆腐干、马桥方糕等马桥本土特色食物。手作非遗摊位,引入了宫廷团扇、璎珞挂件、手串香串等国风文创产品,以及香囊、面塑、土布等非遗手作。

游客还可在融合了董其昌名作的"秋兴八景"拍照点打卡;在"丝韵桂香"观赏民乐丝竹表演。逛累了市集,去"幔亭会兮"歇歇脚,

今年的中秋夜，在曾照古人的月亮下，今人体验了一把古人的中秋，想来不无妙处。

在留言长卷上为远方的亲朋写下寄语，或许还能偶遇稚嫩可爱的孩童欢唱《逛马桥》沪语童谣"草头粉头豆沙糕，炒糍饭，炸巧果，豆黄锦团香喷喷……"，唱的是马桥各色美味小吃，是不少马桥人小辰光的记忆。

现场市民吴女士忍不住感叹："在这样古风的环境里猜字谜、飞花令，是很不一样的体验，这个游园会不仅好看、好玩，还能学习到一些关于马桥本土文人的故事、非遗等，我真的感受到了我们中华优秀传统文化的魅力。"

一年一度"我们的节日·精神的家园"月满马桥中秋民俗文化系列活动连续举办多年，已经成为闵行区一镇一品的特色文化品牌。马桥镇将本土文化资源与传统节日相结合，推动文、商、旅融合发展，打造富有马桥特色的中秋佳节活动，并融入当下流行的国风国潮元素，让更多年轻人走近马桥的历史和文化，体验、感受、理解江南文化与东方美学生活方式，让传统佳节焕发新生机。

李白有诗云："今人不见古时月，今月曾经照古人。"今年的中秋夜，在曾照古人的月亮下，今人体验了一把古人的中秋，想来不无妙处。🅲🅢

召稼楼粽儿香

王艺锦

　　大红灯笼高高挂，龙船跃江鼓点急。粽香四溢，菖蒲青翠，罗伞飘转，见此情此景，浦江人说："啊，又到端午了！"

　　荷花墙、骑马墙、青砖黛瓦，这里的建筑明清韵味十足；清晨鸣钟，小桥流水人家，一派江南风貌……召稼楼作为上海历史记载中最早垦荒种地的地区，至今仍保留着八百年历史建筑的古镇风韵。当颇具特色的老街与沿袭两千年的端午节结合，该是怎样的文化盛宴呢？

2010年召稼楼古镇修缮一新，向游人开放后，端午节活动便定在了这里。同样具有"年岁"的召稼楼古镇和端午节两相结合，相得益彰。浦江镇端午节活动人气更是一年旺过一年，去召稼楼过端午，早已成为了人们的习惯。

五月初五又端阳，一场以"我们的节日·召楼粽情"为主题的端午节文化活动在"云"上举行。才一大早，就见人们齐聚"云端"，解密端午文化"密码"，感受传统文化魅力，体验浦江特色文化。

雄黄酿、艾草香。端午临近夏至，连续潮湿阴雨的闷热天气已经初见端倪，民间老百姓认为五月为毒月，初五又是毒日，避"五毒"便是过端午节的初衷。我虽然一直知道端午节的由来有两大版本：一个是驱毒祛湿，一个是纪念屈原，却无法将它们联系起来，只道这是个巧合罢了。当地的一位老人却这么认为："端午节纪念屈原是弘扬宁死不屈、洁身自好、赤诚忠义的崇高品质，而喝雄黄酒、佩戴彩线、洗

> 大红灯笼高高挂，龙船跃江鼓点急。粽香四溢，菖蒲青翠，罗伞飘转，见此情此景，浦江人说："啊，又到端午了！"

艾叶澡等，是警示我们后人，只有刚正不屈、洁身自好才能远离邪与毒。"原本看似两个截然不同的端午民俗，如今，却在奔流不息的岁月长河中汇集到一起，告诉我们它的价值。

炊烟起，粽香飘。每年的端午，粽子是主角，必不可少。在东乡奶奶、东乡妈妈的一双双巧手下，一只只清香可口的粽子如约登上了千家万户的餐桌。**淡淡的粽叶香弥漫着浓浓的世间情，有祈福、有祝愿，亦有感恩**。2022 年初，浦江镇向社会广泛征集浦江非遗吉祥物 IP，历时 4 个月的征集投稿，网络票选和专家评定，这只象征勇猛公正、聪明智慧的"獬豸"也在端午佳节与大家见面了！"獬豸"源于中国古代神话传说中的神兽，在沪语中，"獬豸"读作"xiā zā"，在浦江本地话中，又叫作"骱（浦江本地发音 jiá）"。相信这个讨喜惹人爱的"浦江非遗吉祥物 IP"会给大家带来好运和幸福！

上海启动的"十四五"首批重大旅游投资项目共 30 个、总投资约 1132 亿元。其中就包括闵行浦江镇的召稼楼项目，计划投资 120 亿元，同时把原本的 4A 级景区升级到 5A 级景区，它也将会是闵行的首个 5A 级景区。聚焦文明、发展、历史、自然，以古镇为元素，围绕水乡而打造，召稼楼二期的开发也将使其成为"中国的文化窗口，大上海的魅力担当"。

丝丝粽香、离离艾草、悠悠古镇，浦江人的端午味道浓。 CS

以"糕"的名义

钟合

　　在《易经》中，"九"为阳数，九月九日，日月并阳，两九儿相重，故称重阳。古人认为这是个值得庆贺的吉利日子。

　　数十年来，重阳去颧桥赶集便是周边居民都十分热衷的事情。每到这一天，颧桥镇上就会举办庙会，开设集市，还有各色行街表演，其热闹程度与春节相比有过之而无不及。

　　颧桥镇已连续十余年举办重阳节主题活动，围绕"孝""乐""寿"，

宣传爱老敬老的意义。从起初的镇级层面而后到区级，2016年被列为市级项目，其特色越来越明显，就是以"糕会"名义纪念重阳这个传统节日。既然是糕会，当然是"糕"要唱主角。崇明糕、马桥方糕、七宝农家糕，还有本地响当当的颛桥桶蒸糕，在活动中齐聚一堂。

桶蒸糕，顾名思义就是用木桶隔水蒸制软糕，其原料以上好的糯米粉与大米粉为主，通过将米粉、馅料层层垫入，最后轻压定型的方式完成制作。说起桶蒸糕，那可是颛桥人过重阳节最亲切的记忆，它是颛桥地区民间纯手工制作的传统糕点之一，在本地已有上百年的历史，它选料讲究，按传统手工操作，食用时软糯香甜不粘口舌。"有钱没钱，蒸糕过年。"过去农村里家家户户都有蒸糕迎重阳的传统，用特制的木蒸桶，亲手做松软香糯的桶蒸糕。而桶蒸糕的味道对从小生长在颛桥的人来说也已变成了一种乡愁、一种纪念。闻到

桶蒸糕的味道，就能牵着记忆那头，找回关于童年的珍贵线索。

从制作方法几近失传到"一糕难求"，从传统单调的重阳习俗到妙趣横生的"颛桥糕会"，当地政府将本土的非遗文化依托于这场将传统与现代生活需求完美融合的活动，使得人们对于重阳乃至非物质文化遗产有了新的定义和认知。

为让更多市民共享文化盛宴，感受非遗和民俗的魅力，2022年重阳节，颛桥糕会第一次走进抖音直播间，成了糕会最受欢迎的项目，为市民带来超低价秒杀活动，更有惠民福利贯穿整场直播，把线上气氛推到了高潮，弥补线下不设售卖摊位的遗憾。

田园公园在"秋意篱下菊花黄"菊花展的基础上，增加了"可引纸鸢云霄上""独家记忆永恒长"合影墙等，"咔嚓"一声留下金秋记忆。其中在"可引纸鸢云霄上"为主题的纸鸢长廊里，以颛桥IP"颛小鹤"为形象定制的纸鸢栩栩如生，人们从廊下走过，就寓意着收到了鹤寿延年、福运绵长的美好祝福。

随着时代的发展，重阳节也被赋予更多的意义。对于许多老人而

以"糕"的名义相聚，"九九重阳，颛桥糕会"已成为具有地域特色的节庆。

言，这一天不仅子女会来看望他们，一家人团圆相聚，也是老朋友们之间的聚会，结伴一起出去逛逛聊聊，颛桥糕会实际上是给老人们提供了一个非常好的契机。现在的老人心态都越来越年轻，像颛桥糕会这样精彩热闹富有意义的活动，老人们是非常乐于"轧轧闹猛"的。在这个特殊的时节，颛桥糕会还特别推出"幸福照相馆"，为市民游客拍摄照片，并在现场冲洗带走。不少游客都在这里留下幸福印迹，并写上了祝福的话语。他们不约而同地表示："真实拿到手的相片更有记忆的厚重感。"

"百善孝为先。"本次糕会另一大分会场龙盛国际商业广场也联动商圈店家，同步推出了"爱满颛桥福绵长"敬老爱老优惠活动。活动当天，60岁及以上的老人凭身份证就可免费参与盲盒抽奖游戏，直接兑换相应奖品、礼券，把真正的惠老政策落到实处。

以"糕"的名义相聚，"九九重阳，颛桥糕会"已成为具有地域特色的节庆。"颛桥糕会"正在用更多创新的形式，让重阳节更加有意义，年年都有不同的心意，来年再来看吧！ Ⓢ

沪韵流芳，好戏开锣

尤佳诚

粉墨缤纷，同唱梨园欢歌；霓裳锦绣，共迎时代华章。

沪剧初名花鼓戏，早在清乾隆年间，花鼓戏已有流行。这是上海独有的戏曲剧种，它柔美清雅，曲调委婉，应和着大上海的风情万种，软糯磁性的腔调深深印刻在这座城市的记忆之中。也从不同侧面

反映了近现代中国大都市的风貌，在成长过程中显示出很强的生机和活力。

　　沪剧与闵行素有渊源，早在1924年，由乡绅李显谟集资建造的敏园内设有两个戏台，申曲名家王筱新、筱文滨、筱月珍、施春轩、丁婉娥等都常在敏园进行演出。

　　20世纪70年代上海县沪剧团成立，不仅为当地市民群众创作输送了大量优秀原创沪剧精品，还举办多期"上海县沪剧培训班"，培养了百余名沪剧"民星"，如今活跃在浦江两岸沪剧圈里的不少票友都出自这个培训班。

　　提起沪剧，在浦江属于老少皆知。大街小巷，村头地尾，经常可以欣赏到沪剧演出。**简易的戏台灯火通明，蒙蒙细雨仍无法阻挡观众的热情，场外人头攒动，邀亲带友的观众陆续入场，只有到了现场才能亲身体会沪剧在民间的魅力**。演员们演得投入，戏迷们看得痴迷，一点都不吝啬自己的赞许，连乐队激昂的演奏，也时常引爆

雷鸣般的掌声。

上海浦江沪剧节 2014 年亮相，成功举办五届后，从第六届起，上海浦江沪剧节升级为上海浦江戏曲节，联合江浙沪皖四地优秀戏曲资源，向广大戏曲爱好者进一步展示地方精品戏剧，奉献一场戏剧的饕餮盛宴。

如今的观众看老戏，不仅注重听流派的唱腔韵味，同样也很注重舞台的表现力、舞台的美感、演员的唱做功力等等。秉持着"扬弃继承，讲究传承"的宗旨，坚持"古为今用、推陈出新""取其精华、去其糟粕"，不断调整梳理剧本，让剧情更完整和流畅，让人物更加生动，打动人心。让传统沪剧变得年轻、新鲜。

乡音欸乃，玉兰竞放。沪剧作为海派文化的瑰宝，依托上海浦江戏曲节这个平台，通过举办"乡音和曲"沪剧邀请赛，打破文化壁垒，建立群文阵地，吸引了一大批专业沪剧演员及业余沪剧爱好者。将地方文化、传统文化、海派文化相结合，传统与时代融合创新，围绕各时期的社会热点，创作涌现了一批优良的创作小戏，让沪剧在当下展现出了全新的生命力，打造"闵行元素"文化标识。

文化自信，是更基础、更广泛、更深厚的自信。浦江戏曲节的深入人心，也彰显着 200 多年历史的沪剧，正在以更加年轻的姿态适应时代！ CS

附 录：

摄　影　孙新明　桑炯华　陶颂华　陶志军　顾福根

徐恺凯　许剑锋　吴玉林　徐晓彤　吴天明

吴立德　曹恒律　李明奇　包于榕　毛新会

赵　红　夏晓岚　鲍　海　刘秀珍　顾　巍

曾麟翔　黄瑞萍　茹顺龙　王伟华　洪其标

汪大纲　唐世杰　徐喜先　郑惠国　邵海木

江　东　李仁浩　徐俊杰　卓孝辉　金宇龙

周圣淇　戴嘉锦　陈　冬（排名不分先后）

除注明外，本书图片来源于《闵行历史图鉴》《谁不忆江南》《上海极简史》《人民画报》《闵行区志》《老闵行地名志》《上海县志》、上海市档案馆、闵行区档案馆、闵行区融媒体中心、明镜文化、看见文化传媒等，谨致谢意。

视频提供　看见文化传媒